Elogios para Roberto Bolaño y

El espíritu de la ciencia-ficción

"Uno de los más grandes e influyentes escritores contemporáneos".　　　—*The New York Times*

"Fue un escritor experimental que inventó formas nuevas y fue una voz muy independiente y muy crítica".　　　—Mario Vargas Llosa

"Uno de los autores más respetados e influyentes de su generación [. . .]. Al mismo tiempo divertido y, en cierto sentido, intensamente aterrador".
　　　—John Banville, *The Nation*

"Bolaño ha probado que la literatura lo pue[...] do".　　　—Jonathan [...]

"Se convirtió en un cuentista y novelista [...] quizás el más destacado de su generación, [...] el más original y el más infrecuente".
　　　—Jorge [...]

"Una especie de fenómeno entre Woody Allen y Lautréamont, Tarantino y Borges, un autor que conseguía que su lector se convirtiera en un frenético proselitista. [. . .] El único homenaje será leerle de ahora en adelante y reírnos todavía con él".
　　　—Fabrice Gabriel, *Los Inrockuptibles*

Roberto Bolaño

El espíritu de la ciencia-ficción

Roberto Bolaño (1953–2003), narrador y poeta chileno, es autor de libros de cuentos (*Llamadas telefónicas, Putas asesinas, El gaucho insufrible, Diario de bar*—en colaboración con A. G. Porta—y *El secreto del mal*), novelas (*Consejos de un discípulo de Morrison a un fanático de Joyce*—en colaboración con A. G. Porta—, *Monsieur Pain, La pista de hielo, La literatura nazi en América, Estrella distante, Los detectives salvajes, Amuleto, Nocturno de Chile, Amberes, Una novelita lumpen, 2666, El Tercer Reich, Los sinsabores del verdadero policía* y *El espíritu de la ciencia-ficción*), poesía (*Reinventar el amor, La Universidad Desconocida, Los perros románticos, El último salvaje* y *Tres*) y libros de no ficción (*Entre paréntesis*). Está considerado una de las figuras más importantes de la literatura contemporánea en español.

Roberto Bolaño

El espíritu de
la ciencia-ficción

Vintage Español
Una división de Penguin Random House LLC
Nueva York

Para Carolina López

El arcón de Roberto Bolaño
Prólogo

Hay quienes, desde hace tiempo, pasaron de la sorpresa al disgusto al corroborar que del arcón de Roberto Bolaño, como del de Fernando Pessoa, siguen saliendo inéditos. A mí más bien me entristece que, fatalmente, esos regalos acabarán por terminarse aunque parezca infinita la capacidad del escritor de seguir sorprendiéndonos desde ultratumba, como lo hubiera querido Chateaubriand, un autor que no estaba de moda en la década de los setenta pero que Bolaño leyó pues, en sus años mexicanos, las *Memorias de ultratumba*, del vizconde, dormían el sueño de los justos en las librerías Zaplana y Hamburgo, sin duda frecuentadas por él, ya que no había, en ese entonces en la Ciudad de México, muchas otras.

Pasó el momento, también, de la incredulidad suspicaz ante Bolaño. Ya no se oyen las voces estridentes de quienes se sintieron desplazados por la irrupción de escritor genial en el último minuto (autores de su generación en ambas orillas del Atlántico) o de los profesores perezosos ante la evidencia de que el canon tendría que ser modificado por culpa del chileno. Tampoco cosechan demasiado crédito quienes —pues no sólo en política sino en literatura abundan las teorías de la conspiración— adjudican la posteridad de Bolaño a una siniestra operación del mercado editorial. Me he opuesto, pues está en mis deberes como crítico literario, a los excesos de los editores, a su necesidad de dar gato por liebre, pero en el caso de Bolaño, aducir su fortuna al mercadeo es, o no haberlo leído, o ignorar que la novela nació liada al comercio desde los tiempos de Walter Scott, Balzac o Eugène Sue, o, finalmente, creer que la literatura en lengua española sigue necesitando del empujón de los editores para demostrar una grandeza cinco veces centenaria, con sus altibajos cíclicos, desde Cervantes, o un poco más que centenaria, si pensamos sólo en Rubén Darío. La historia de la literatura también incluye a quienes la hacen materialmente posible, a los editores y, de un tiempo para acá, a los agentes literarios, unos y otros con sus miserias y sus grandezas.

Es materia de la teoría de la percepción averiguar por qué la lengua inglesa, tan reacia (peor para ella y su público) a traducir, se prendó de Bolaño, y para ello se han escrito obras seminales como la de Wilfrido H. Corral, *Bolaño traducido: nueva literatura mundial* (2011), y habrán de seguirse publicando muchas otras como corresponde a la estatura de un clásico. Y por último: hace rato se demostró la flojera mental de quienes necesitaron, como si fuese necesario, «vender» a Bolaño como un poeta maldito o como un enganchado a las drogas que, milagrosamente, dejó no sólo una obra magnífica en vida sino un arcón de inéditos sólo comparable, insisto, al del poeta portugués Fernando Pessoa. Nada tengo en contra de los malditos —de hecho, tras este texto me ocuparé, feliz, de Verlaine y Darío— pero Bolaño resultó ser de otra estirpe, la de los Thomas Mann, la de quienes —ya lo decía Jules Renard— dan a medir su genio no sólo por la calidad sino por la cantidad. Sé que la anterior afirmación molestará a quienes ven en Bolaño sólo la iconoclastia y el postvanguardismo, pero me temo que se equivocan.

No queda duda de que el gran narrador hispanoamericano del tránsito entre los siglos xx y xxi fue Bolaño, y la progresiva aparición de sus inéditos no hace sino confirmarlo. Fatalmente, también, es imposible la lectura de una novela de juventud como *El espíritu de la ciencia-ficción* haciendo abstracción de que se trata de un clásico moderno. Nadie puede leer a Pessoa o a Bolaño inocentemente. Habremos de morir quienes fuimos sacudidos por el fenómeno Bolaño para que otras generaciones lo juzguen más allá del temor y del temblor, rectificando o corrigiendo nuestra admiración, limando de ella cuanto sea exagerado o contingente.

El espíritu de la ciencia-ficción, terminada en Blanes en 1984, es una buena novela de juventud. Una asumida *Bildungsroman,* como lo fue, desde luego, *Los detectives salvajes,* de la cual esta obra es un probable antecedente, o más bien, de ella pueden extraerse numerosos elementos, de alguna manera iniciáticos (por tratarse de una obra primeriza y porque, como yo lo creo, nuestros primeros libros son, afortunados o desgraciados, ritos de iniciación), útiles para el estudio del conjunto de su obra. A diferencia de otras obras póstumas, como *El Tercer Reich* (2010), una en sí misma, autónoma dentro del ya bien cartografiado universo de las obsesiones bolañescas, o *Los sinsabores del verdadero policía* (2011), un ejercicio previo a *2666* (2004), este inédito es un libro relativamente solitario, obra de un narrador aún inseguro del camino a tomar justamente por razones de genio. Cualquier otro autor —no Bolaño— hubiese hecho publicar *El espíritu de la ciencia-ficción* y no le hubiera faltado editor, pero el chileno (y mexicano y catalán) tenía un proyecto enorme, lleno de dificultades y pruebas, en el cual decidió experimentar, absteniéndose de publicaciones precoces, acaso convencido secretamente del destino clásico de su trabajo.

El espíritu de la ciencia-ficción, desde luego, es un libro muy familiar para el lector avezado de Bolaño. No voy a contar la trama —pecado de prologuistas y escritores de solapas que procuro evitar— pero sí a señalar algunos aromas despedidos por la novela. A Bolaño —no podía ser otra cosa tratándose de un escritor tan sólidamente profesional— le obsesionaba la condición del escritor, sus patologías habituales (Cyril Connolly *dixit*) y, de manera señalada, su propia naturaleza de escritor en formación (no necesariamente joven). Por ello, como Borges y Bioy Casares chismeaban a sus anchas temas a la vez menudos y graves como los concursos literarios, aun los remotamente provinciales, a Bolaño le llamaban la atención esas aparentes menudencias, pues creía, con Paul Valéry, en los pesos y medidas que rigen el boceto de la literatura, su *producción* (la palabra es horrible pero no hay otra).

Por ello, los talleres literarios, tan comunes en el México de los años setenta, o los concursos literarios, que en la España anterior a 2008 se convirtieron en una gigantomaquia, ocupan a Bolaño desde su juventud y son parte esencial de *El espíritu de la ciencia-ficción,* como el autorretrato práctico del artista joven, visto por esa mezcla de solemnidad ante la Literatura como destino y de sentido del humor ante sus convenciones tan propia de Bolaño. No falta tampoco la iniciación de los personajes de Bolaño como reseñistas en suplementos culturales donde se asoman las personalidades, entonces ya protervas, de escritores del otro exilio, el español. Todo ello mediante el homenaje seminal —el primero que le leo en la cronología, al menos la pública, de su obra— a la Ciudad de México, mi antiguo Distrito Federal, que tuvo en Bolaño, quién lo hubiera pensado, a su bardo mayor. Lo quiso ser Carlos Fuentes, a la manera de John Dos Passos, en *La región más transparente* (1958), pero su vida cosmopolita lo alejó de una ciudad que le disgustaba y a la que (como Bolaño, a su manera) prefería oír. Compulsivamente en Fuentes, selectivamente en Bolaño, ambos grabaron el habla de la Ciudad de México de una manera sorprendente. Y por ello, además, no es extraño que Bolaño y los infrarrealistas se hayan resguardado bajo el poder poético de Efraín Huerta (1914-1982), poeta por desgracia poco conocido en la península, cuyas declaraciones de amor y de odio a la capital mexicana debieron ser, para el joven escritor y sus amigos rechazados por la diosa Fortuna, las tablas de la ley.

Siempre será misterioso para un mexicano qué vio el joven Bolaño en la Ciudad de México, tan maldecida por sus habitantes mediante una suerte de orgullo invertido, y cómo, tal cual se lee en *Los de-*

tectives salvajes y en *2666,* descubrió —al mismo tiempo que nuestros narradores propiamente norteños— el norte de México, que hasta los años ochenta carecía de personalidad literaria y hoy, por las peores razones —las de la violencia narca—, es lo más conocido del país, también por buenas razones: los libros de Bolaño, y con los suyos los de Jesús Gardea, Daniel Sada, Eduardo Antonio Parra, Yuri Herrera, Julián Herbert y Carlos Velásquez, entre otros pocos, son averiguaciones morales y lingüísticas sobre el mal, el desierto, la frontera.

Aparece en *El espíritu de la ciencia-ficción,* por primera vez, Alcira Soust Scaffo, la madre de los poetas desamparados, que será protagónica en *Los detectives salvajes* y en *Amuleto* (1999), pero en este libro importa más cómo describe Bolaño la lectura grupal de los textos primerizos entre los talleristas, otro rito de iniciación que Bolaño ve con un respeto inédito e inverosímil. Con todo, lo esencial en esta primera novela es otra cosa, decisiva para el proyecto de Bolaño: su noción de futuro invoca la ciencia-ficción pero no es exactamente esa literatura, en general anglosajona o francesa, de anticipación científica.

En las cartas que Jan Schrella (alias Roberto Bolaño, p. 206) escribe, en *El espíritu de la ciencia-ficción,* a sus escritores favoritos de ese género o subgénero (la discusión es ardua), no está una fijación de Bolaño con la juvenilia, es decir, la lectura de iniciación en libros «no del todo serios» antes de abordar a los antiguos clásicos o a los clásicos contemporáneos (yo, si el ejemplo sirve, leí primero a Rulfo, Paz y al Boom, y después, no sin la mirada reprobatoria de mi padre por desviacionismo, a H. P. Lovecraft, Isaac Asimov o Arthur C. Clarke). Hay que buscar en otro lado. En la Universidad Desconocida de la cual Bolaño fue el fundador y único alumno.

La gran aportación de Bolaño a la literatura mundial no fue, desde luego, cerrar el realismo mágico (cerrado estaba desde tiempo atrás), ni volver a clásicos latinoamericanos ignorados, peor para ellos, por la academia anglosajona, como los padres de Borges, un Oliverio Girondo o un Macedonio Fernández, quienes demostraban que nuestra madurez, ignorada a lo lejos, ya tenía sus años, sino variar la noción de futuro en la literatura moderna. No fue el único pero en ello Bolaño fue ejemplar, y la primera prueba la tenemos aquí, escrita en Blanes, en 1984, el año de Orwell, acaso no casualmente.

La ciencia-ficción no era para Bolaño, como lo sería para un lector ordinario, una mera premonición de viajes espaciales, planetas extraterrestres habitados por alienígenas o colosales adelantos tecnológicos, sino un estado moral, la búsqueda invertida del tiempo perdido, y por ello su obra es incomprensible sin la lectura de Ursula K. Le Guin o Philip K. Dick, quienes moralizaron el futuro como una extensión catastrófica del siglo xx. Aquélla sería una supermodernidad probablemente fascista —en los años ochenta Bolaño, cosa rara, conocía a los escritores de derecha de la Acción Francesa, entonces del todo olvidados— y en *El espíritu de la ciencia-ficción* reside, es probable, el secreto de *2666*. La novela, para Bolaño, no es cronológica, sino moral, y esa ética sólo puede entenderse, exacta anticipación suya, mediante una suerte de teoría de los juegos, lo que explica un libro como *El Tercer Reich.* Si el detective, como ya dijeron otros comentaristas antes que yo, es una forma callejera del intelectual, la práctica de los videojuegos es un rudimento de la historia universal, una proyección que rompe la linealidad del tiempo. Es *El espíritu de la ciencia-ficción.*

Además de todo ello, de ser una novela de iniciación literaria, también lo es de iniciación sexual y amorosa. En pocas ocasiones la literatura de nuestra lengua había mostrado, como en *El espíritu de la ciencia-ficción,* los dolores, las dificultades, las angustias del joven varón ante lo que Henry Miller llamaba con exactitud «el mundo del sexo». Ojalá el arcón de Roberto Bolaño nunca se cierre.

CHRISTOPHER DOMÍNGUEZ MICHAEL
Coyoacán, septiembre de 2016

1

—¿Me permite hacerle una entrevista?

—Sí, pero que sea breve.

—¿Ya sabe que es usted el autor más joven que ha ganado este premio?

—¿De verdad?

—Acabo de hablar con uno de los organizadores. Me dio la impresión de que estaban conmovidos.

—No sé qué decirle... Es un honor... Me siento muy contento.

—Todo el mundo parece contento. ¿Qué ha bebido usted?

—Tequila.

—Yo, vodka. El vodka es una bebida extraña, ¿no cree? No son muchas las mujeres que lo tomamos. Vodka puro.

—No sé qué beben las mujeres.

—¿Ah, no? En fin, da igual, la bebida de las mujeres siempre es secreta. Me refiero a la auténtica. Al bebercio infinito. Pero no hablemos de eso. Hace una noche clarísima, ¿no le parece? Desde aquí se pueden contemplar los pueblos más lejanos y las estrellas más distantes.

—Es un efecto óptico, señorita. Si se fija con cuidado observará que los ventanales están empañados de una forma muy curiosa. Salga a la terraza, creo que estamos justo en medio del bosque. Prácticamente sólo podemos ver ramas de árboles.

—Entonces esas estrellas son de papel, por supuesto. ¿Y las luces de los pueblos?

—Arena fosforescente.

—Qué listo es usted. Por favor, hábleme de su obra. De usted y de su obra.

—Me siento un poco nervioso, ¿sabe? Toda esa gente allí cantando y bailando sin parar, no sé...

—¿No le gusta la fiesta?

—Creo que todo el mundo está borracho.

—Son los ganadores y finalistas de todos los premios anteriores.

—Dios santo.

—Están celebrando el fin de otro certamen. Es... natural.

Por la cabeza de Jan pasaron los fantasmas y los días fantasmales, creo que fue rápido, un suspiro y ya sólo quedaba Jan en el suelo transpirando y dando gritos de dolor. También hay que destacar sus gestos, la carrera de sus gestos helados, como dándome a entender que había algo en el techo, ¿qué?, dije mientras mi índice subía y bajaba con una lentitud exasperante, ay, mierda, dijo Jan, cómo me duele, ratas, ratas alpinistas, huevón, y después dijo ah ah ah y yo lo sostuve de los brazos, o lo sujeté, y fue entonces cuando me di cuenta que no sólo sudaba a mares sino que el mar era frío. Sé que hubiera debido salir disparado a buscar un médico pero intuí que no quería quedarse solo. O tal vez tuve temor de salir. (Esa noche supe que la noche era verdaderamente grande.) En realidad, visto con una cierta perspectiva, creo que a Jan le daba igual que me quedara o me fuera. Pero no quería un médico. Así que le dije no te mueras, estás igualito que el Príncipe Idiota, te traería un espejo si tuviéramos un espejo, pero como no lo tenemos, créeme, y trata de relajarte y no te vayas a morir. Entonces, pero antes por lo menos transpiró un río noruego, dijo que el techo de nuestro cuarto estaba plagado de ratas mutantes, ¿no las oyes?, susurró con mi mano sobre su frente y yo dije sí, es la primera vez que escucho chillidos de ratas en el techo de un cuarto de azotea de un octavo piso. Ah, dijo Jan. Pobre Posadas, dijo. Su cuerpo era tan delgado y largo que me prometí que en el futuro me preocuparía más de su comida. Luego pareció quedarse dormido, los ojos semicerrados, de cara a la pared. Encendí un cigarrillo. Por nuestra única ventana comenzaron a aparecer las primeras rayitas del amanecer. La avenida, abajo, seguía oscura y desierta de gente, pero los coches circulaban con cierta regularidad. De pronto, a mis espaldas, sentí los ronquidos de Jan. Lo miré, dormía, desnudo sobre la colchoneta sin sábanas, sobre su frente un mechón de pelo rubio que poco a poco se iba secando. Me apoyé en la pared y me dejé resbalar hasta quedar sentado en un rincón. Por el marco de la ventana pasó un avión: luces rojas, verdes, azules, amarillas, el huevo de un arcoíris. Cerré los ojos y pensé en los últimos días, en las grandes escenas tristes y en lo que podía palpar y ver, después me desnudé y me tiré sobre mi colchoneta y traté de imaginar las pesadillas de Jan y de golpe, antes de caer dormido, como si me lo dictaran, tuve la certeza de que Jan había sentido muchas cosas aquella noche, pero no miedo.

Querida Alice Sheldon:

Sólo quería decirle que la admiro profundamente... He leído sus libros con devoción... Cuando tuve que deshacerme de mi biblioteca —que nunca fue grande, pero tampoco pequeña— no fui capaz de regalar todas sus obras... Así que conservo *En la cima del mundo* y a veces recito de memoria algunos trozos... Para mí mismo... También he leído sus cuentos pero éstos desgraciadamente los he ido perdiendo... Aquí aparecieron en antologías y revistas y algunas llegaban a mi ciudad... Había un tipo que me prestaba cosas raras... Y también conocí a un escritor de ciencia-ficción... Según muchos el único escritor de ciencia-ficción de mi país... Pero no lo creo... Remo me cuenta que su madre conoció a otro hace más de diez o quince años... Se llamaba González o eso cree recordar mi amigo y era funcionario del departamento de estadística del Hospital de Valparaíso... Le daba dinero a la madre de Remo y a las otras chicas para que compraran su novela... Editada con su propio dinero... Así eran las tardes de Valparaíso, completamente rojas y estriadas... González aguardaba afuera de la librería y la madre de Remo entraba y compraba el libro... Y por supuesto sólo vendieron los libros que compraban las chicas y los chicos del departamento de estadística... Remo recuerda sus

nombres: Maite, doña Lucía, Rabanales, Pereira...
Pero no el título del libro... *Invasión marciana...*
Vuelo a la nebulosa de Andrómeda... El secreto de los
Andes... No puedo imaginarlo... Tal vez algún día
encuentre un ejemplar... Después de leerlo se lo enviaré como una modestísima retribución a las horas
de alegría que usted me ha dado...

Suyo,
Jan Schrella

—Hablemos entonces de la obra ganadora.

—Bueno, no hay mucho que decir. ¿Quiere que le cuente de qué va?

—Estaría encantada de escucharlo.

—Todo comienza en Santa Bárbara, un pueblo cerca de los Andes, en el sur de Chile. Es un pueblo espantoso, al menos como yo lo veo, nada parecido a estos hermosos pueblitos mexicanos. Sin embargo tiene una característica que lo ennoblece: todas sus casas son de madera. Debo confesarle que nunca he estado allí, pero lo puedo imaginar de tal guisa: casas de madera, calles sin pavimentar, fachadas que recorren toda la gama del marrón, veredas inexistentes o bien como en las películas del Oeste, rampas desiguales de madera para que en épocas de lluvia el barro no entre a las casas. En esa Santa Bárbara de las pesadillas o de las rayas comienza la historia. Para ser precisos en la Academia de la Papa o de la Patata, una suerte de granero de tres pisos, con veleta de hierro forjado en el techo, probablemente el edificio más desolado de la calle Galvarino y que bajo cuerda es una de las tantas facultades esparcidas por el mundo de la Universidad Desconocida.

—Es de lo más intrigante, cuente, cuente.

—En el primer piso sólo hay dos habitaciones. La primera es enorme, antiguamente allí se guardaban hasta tractores; la otra es pequeñísima y está en un rincón. En la habitación grande hay varias mesas, sillas, ficheros, incluso sacos de dormir y colchonetas. Claveteados por las paredes se pueden ver pósters y dibujos de distintos tipos de tubérculos. En la habitación pequeña no hay nada. Es una habitación con el suelo, el techo y las paredes de madera, pero no madera vieja de los años en que se construyó el granero, sino madera nueva, bien cortada y pulida, de un color casi negro azabache. ¿No la aburro?

—No, siga, siga. Esto es para mí un reposo. No sabe la de entrevistas que hice esta mañana en el DF. Los periodistas trabajamos como esclavos.

—Bueno. En el segundo piso, al que se sube por una escalera sin pasamanos, hay otros dos cuartos, ambos con las mismas dimensiones. En uno hay varias sillas, todas diferentes, una mesa escritorio, un pizarrón y otros implementos que dan una idea muy vaga y distante, borrosa más bien, de un aula de clases. En el otro no hay más que viejas y oxidadas herramientas del agro. Finalmente, en el tercer piso, al que se sube desde la habitación de las herramientas encontramos un equipo de radioaficionado y una profusión de mapas desparramados por el suelo, una pequeña emisora que transmite en F. M., un equipo de grabación semiprofesional, una serie de amplificadores japoneses, etcétera. Digo etcétera porque lo que no le haya contado no tiene importancia o ya irá saliendo y usted se enterará en ese momento con todos los detalles.

—Querido amigo, qué suspense.

—Ahorrémonos las observaciones irónicas. Decía que en el tercer piso, en realidad una sola y enorme habitación abuhardillada, se encontraban esparcidos todos aquellos ingenios de la comunicación moderna o casi moderna. El equipo de radioaficionado es el único sobreviviente de varios ingenios modernos que en la Academia se empleaban para uso escolar y que el hambre del encargado y el desasistimiento aparente que la UD generalmente muestra obligaron a vender. El desorden que reina allí es total, se diría que nadie se ha molestado en barrer o fregar desde hace meses. El cuarto tiene dos ventanas, pocas para su magnitud, ambas con persianas de madera. En la encarada hacia el este se observa la cordillera. En la otra el panorama es un bosque interminable y el inicio de un camino o el fin.

—Un paisaje idílico.

—Un paisaje idílico o un paisaje terrorífico, según se mire.

—Mmmm...

—La Academia está rodeada por un patio. Antiguamente allí se acumulaban carretas y camiones. Ahora en el patio no hay ningún vehículo salvo la bici-cross del encargado, un hombre de sesenta y tantos años, amante de la vida sana, de allí la bicicleta. El patio está rodeado por una verja de madera y alambre. Sólo hay dos puertas. El portón principal, grande y pesado, en cuya parte exterior cuelga un cartel de metal amarillento con letras negras que dicen Academia de la Papa – Investigaciones Alimenticias 3 y más abajo, en letras minúsculas, el nombre y el número de la calle: *Galvarino 800*. La otra puerta está en lo que un visitante normal llamaría el traspatio. Esta puerta es pequeña y no da a la calle sino a un descampado y luego al bosque y al camino.

—¿Ese camino es el mismo que se observa desde la buhardilla?

—Sí, la cola del camino.

—Qué bonito debe ser vivir en una buhardilla, aunque sea pequeñita.

—Yo he vivido cientos de años en un cuarto. No se lo recomiendo.

—No he dicho un cuarto, he dicho buhardilla.

—Es lo mismo. El paisaje es el mismo. Un paisaje de patíbulo, pero con profundidad. Con amaneceres y atardeceres.

Pensé que era una escena ideal alrededor de la cual podían girar las imágenes o los deseos: un joven de un metro setenta y seis, con jeans y camiseta azul, detenido bajo el sol en el bordillo de la avenida más larga de América.

Esto quería decir que por fin estábamos en México y que el sol que me apuntaba por entre los edificios era el sol del DF tantas veces soñado. Encendí un cigarrillo y busqué nuestra ventana. El edificio donde vivíamos era gris verdoso, como el uniforme de la Wehrmacht había dicho Jan tres días atrás, al encontrar el cuarto. En los balcones de los departamentos se veían flores; más arriba, más pequeñas que algunas macetas, estaban las ventanas de las azoteas. Estuve tentado de gritarle a Jan que se asomara a la ventana y observara nuestro futuro. ¿Y luego qué? Largarme, decirle me voy, Jan, traeré paltas para la comida (y leche, aunque Jan odiara la leche) y buenas noticias, súper cabro, el equilibrio inmaculado, el pato perpetuo en las antesalas del gran trabajo, seré reportero estrella de una sección de poesía, teléfonos no me faltaban.

Entonces el corazón comenzó a martillar de una forma extraña. Pensé: soy una estatua detenida entre la autopista y la acera. No grité. Me puse a andar. Segundos después, cuando aún no salía de la sombra de nuestro edificio, o del tejido de sombras que cubría ese tramo, apareció mi imagen reflejada en las vitrinas del Sanborns, extraña copia mental, un joven con una camiseta azul destrozada y el pelo largo, que se inclinaba con una extraña genuflexión ante las alhajas y los crímenes (pero qué alhajas y qué crímenes, de inmediato lo olvidé) con panes y paltas, que en adelante y para siempre llamaría aguacates, entre los brazos, y un litro de leche Lala, y los ojos, no los míos sino los que se perdían en el hoyo negro de la vitrina, empequeñecidos como si de golpe hubieran visto el desierto.

Me volví con un gesto suave. Lo sabía. Jan estaba mirándome asomado a la ventana. Agité las manos en el aire. Jan gritó algo ininteligible y sacó medio cuerpo fuera. Di un salto. Jan respondió moviendo la cabeza de atrás hacia adelante y luego en círculos cada vez más rápidos. Tuve miedo de que se tirara. Me puse a reír. La gente que pasaba se me quedaba mirando y luego levantaban la vista y veían a Jan que hacía el gesto de sacar una pierna para patear una nube. Es mi amigo, les dije, llevamos pocos días aquí. Me manda ánimos. Voy a buscar trabajo. Ah, pues qué bien, qué buen amigo, dijeron algunos y siguieron su camino sonriendo.

Pensé que nunca nos pasaría nada malo en aquella ciudad tan acogedora. ¡Qué cerca y qué lejos de lo que el destino me deparaba! ¡Qué tristes y transparentes son ahora en mi memoria aquellas primeras sonrisas mexicanas!

—Soñé con un ruso... ¿Qué te parece?

—No sé... Yo soñé con una rubia... Atardecía... Sabes, era como en las afueras de Los Ángeles, pero al poco rato ya no era Los Ángeles sino el DF y la rubia se paseaba por unos túneles de plástico transparente... Tenía una mirada muy triste... Pero eso lo soñé ayer, en el autobús.

—En mi sueño el ruso estaba muy contento. Me dio la impresión de que iba a subir a una nave espacial.

—Entonces era Yuri Gagarin.

—¿Te pongo más tequila?

—Ándele, manito, simonel.

—Al principio yo también creí que era Yuri Gagarin, pero no te imaginas lo que pasó después... En el sueño se me pusieron los pelos de punta.

—Pues dormiste muy bien. Yo escribí hasta tarde y se te veía bien.

—Bueno, pues el ruso se metió en su traje espacial y me dio la espalda. Se marchó. Yo quería ir detrás de él pero no sé qué me pasaba que no podía caminar. Entonces el ruso se dio media vuelta y me hizo adiós con la mano... ¿Y sabes cómo era, quién era?

—No...

—Un delfín... Dentro del traje había un delfín... Se me erizaron los pelos y me dieron ganas de llorar...

—Pues ni siquiera roncaste.

—Era terrible... Ahora no me lo parece pero en el sueño era espantoso, como si algo se me anudara en la garganta. No era la muerte, ¿sabes?, era más bien la borrada.

—El delfín de Leningrado.

—Creo que era un aviso... ¿Tú no has dormido?

—No, he escrito toda la noche.

—¿Tienes frío?

—Un montón. Joder, pensé que aquí jamás pasaría frío.

—Está amaneciendo.

Nuestras cabezas apenas cabían en el marco de la ventana. Jan dijo que había pensado en Boris. Lo dijo como sin darle importancia.

El amanecer dijo: soy un fuera de serie. Vayan acostumbrándose. Una vez cada tres días vengo.

—Chucha, qué amanecer —dijo Jan con los ojos muy abiertos y las manos empuñadas.

Comencé a trabajar en el suplemento cultural del periódico *La Nación*. El director del suplemento, Rodríguez, un viejo poeta andaluz que había sido amigo de Miguel Hernández, me permitió colaborar en cada suplemento, es decir una vez a la semana. Con lo que ganaba, cuatro textos al mes, podíamos vivir unos ocho o nueve días. Los veintiún días restantes los sufragué haciendo artículos para una revista de seudohistoria que dirigía un argentino igual de viejo que Rodríguez pero que poseía la piel más tirante y tersa que he visto nunca y al que, por evidentes razones, llamaban la Muñeca. El resto lo pusieron mis padres y los padres de Jan. El asunto venía a salir más o menos así: el treinta por ciento del dinero salía de *La Nación,* otro treinta por ciento de nuestros padres y el cuarenta por ciento de *Historia y Mundo,* que era el nombre del engendro de la Muñeca. Los cuatro trabajos de *La Nación* los solía terminar en un par de días; eran reseñas de libros de poesía, alguna novela, rara vez un ensayo. Rodríguez me daba los libros los sábados por la mañana, que era cuando todos o casi todos los que colaboraban en el suplemento se reunían en el estrecho cubículo que el viejo tenía por oficina para entregar sus trabajos, recibir sus cheques, proponer ideas que deben haber sido malísimas o que tal vez Rodríguez nunca aceptó pues el suplemento jamás pasó de ser una birria. Principalmente la gente iba los sábados para hablar con los amigos y para hablar mal de los enemigos. Todos eran poetas, todos bebían, todos eran mayores que yo. No era muy entretenido pero ningún sábado falté a la cita. Cuando Rodríguez daba por terminado el día nos marchábamos a los cafés y seguíamos platicando hasta que uno por uno los poetas volvían a sus ocupaciones y yo me quedaba solo en la mesa, con las piernas cruzadas y contemplando la perspectiva interminable que se veía a través de los ventanales, chicos y chicas del DF, policías extáticos y un sol que parecía vigilar el planeta desde las azoteas. Con la Muñeca las cosas eran distintas. Primero, un pudor del que ahora me ruborizo me llevó a no firmar jamás una crónica con mi nombre. Cuando se lo dije la Muñeca parpadeó dolorido pero enseguida lo aceptó. ¿Qué nombre querés ponerte, pibe?, masculló. Lo dije sin vacilar: Antonio Pérez. Ya, ya, dijo la Muñeca, tenés ambiciones literarias. No, se lo juro, mentí. No obstante te voy a exigir calidad, dijo. Y después, pero cada vez más triste: la de cosas lindas que se les pueden sacar a estos temas. Mi primer trabajo fue sobre Dillinger. El segundo fue sobre la camorra napolitana (¡Antonio Pérez entonces llegó a citar párrafos enteros de un cuento de Conrad!). Luego siguieron la matanza del Día de San Valentín, la vida de una envenenadora de Walla Walla, el secuestro del hijo de Lindbergh, etcétera. El despacho de *Historia y Mundo* estaba en un viejo edificio de la colonia Lindavista y durante todo el tiempo que estuve llevando artículos jamás encontré a nadie que no fuera la Muñeca. Nuestras entrevistas eran cortas: yo entregaba los textos y él me encargaba nuevos trabajos y me prestaba material para que me documentara, fotocopias de revistas que dirigió en su Buenos Aires natal junto a fotocopias de revistas hermanas de España y Venezuela de donde yo tomaba no sólo datos sino que en ocasiones plagiaba con total descaro. A veces la Muñeca me preguntaba por los padres de Jan, a quienes conocía desde hacía mucho, y luego suspiraba. ¿Y el hijo de los Schrella? Bien. ¿Qué hace? Nada, estudia. Ah. Y eso era todo. Jan, por supuesto, no estudiaba, aunque la mentira de sus estudios se la colamos a sus padres para que estuvieran tranquilos. En realidad, Jan no salía de la azotea. Todo el día se lo pasaba metido en el cuarto haciendo Dios sabe qué. Salía, sí, del cuarto al wáter o del cuarto a la ducha que compartíamos con los otros inquilinos de la azotea y a veces bajaba, se daba una vuelta por Insurgentes, no más de dos cuadras, despacio y como olisqueando algo, y muy pronto ya estaba de regreso. En lo que a mí respecta me encontraba bastante solo y necesitaba conocer a otras personas. La solución me la dio un poeta de *La Nación* que trabajaba en la sección de deportes. Me dijo: anda al Taller de Poesía de Filosofía y Letras. Yo le dije que no creía en los Talleres de Poesía. Él me dijo: allí vas a encontrar gente joven, gente de tu edad y no borrachos de mierda, fracasados que lo único que quieren es estar en plantilla. Yo sonreí, ahora este huevón se pone a llorar, pensé. Él dijo: poetisas, allí hay poetisas, chavo, coge la onda. Ah.

Querido James Hauer:

He leído en una revista mexicana que proyecta usted crear un comité de escritores de ciencia-ficción norteamericanos en apoyo de los países del Tercer Mundo y en especial de América Latina. La idea en sí no es desdeñable, aunque peque de ambigüedad, esto último tal vez más achacable a la revista que mal recoge la información que a vuestros propósitos. Considere que le escribe un escritor de ciencia-ficción de América Latina. Tengo diecisiete años y aún no he visto publicado ninguno de mis textos. En cierta ocasión se los enseñé a un profesor de literatura de mi país, hombre de buena fe, enamorado (salvajemente) de Scott Fitzgerald y, de forma más reposada, de la República de las Letras, como sólo puede estar enamorado quien vive en alguno de nuestros países y lee. Para que se haga una idea piense en un farmacéutico del Deep South o en alguien perdido en un pueblito de Arizona, fanático de Vachel Lindsay. O no se haga ninguna idea y siga leyendo. Decía, pues, que puse en las manos de este individuo mis balbuceos y esperé. El querido profesor, al ver mi cuento, dijo: querido Jan, espero que no estés fumando. Se refería, erróneamente, a la marihuana, que no provoca, que yo sepa, alucinaciones, pero quería decir que esperaba que no estuviera jodiéndome con ácido o algo similar. (Debo advertirle que en el liceo se me tenía como un estudiante avispado pero propenso a caer en «olvidos» y «abandonos».) Querido profesor, le dije, es un cuento de ciencia-ficción. El buen hombre meditó unos instantes. Pero, Jan, contestó, esas cosas están tan lejanas. Su dedo índice casi se elevó en dirección NW y luego, casi, en línea recta hacia el sur, pobre parkinsoniano, o pobre mente mía a quien la Realidad, ya entonces, hacía desenfocar y temblar. Reverendo maestro, argüí, si usted opina que no podemos escribir sobre viajes interplanetarios, por poner un ejemplo, de alguna manera nos deja dependientes *per sæcula sæculorum* de los sueños —y de los placeres— de otros; vea, además, que mis personajes son rusos, elección nada gratuita. Nuestro sueño, refunfuñó mi nunca demasiado alabado profesor, debe ser la Francia de 1928. Como yo no sabía con exactitud qué había pasado en París en aquel año di por terminada la discusión. Al día siguiente, al encontrarnos de nuevo en el liceo, le dije: profesor, algún día le van a meter por el culo la Francia de 1939 enterita. Si yo hubiera sabido leer el futuro, seguramente de mis labios no hubiera salido ese insulto. Mi siempre recordado maestro murió tan sólo unos meses después al salir a pasear a la luz de la luna durante el toque de queda. Aquellos textos, por otra parte, se perdieron. ¿Cree usted, ahora, que podemos escribir buena literatura de ciencia-ficción? ¿Su comité, Dios los bendiga, está sopesando la posibilidad de conceder becas —becas Hugo, becas Nébula— a los nativos del Tercer Mundo que mejor describan un robot? ¿O acaso el grupo que usted encabeza se propone dar un apoyo testimonial —solidario, claro— en el plano político? Espero su respuesta inmediata.

Afectuosamente,
Jan Schrella

El taller estaba dirigido por Jeremías Moreno, poeta laureado, y funcionaba en el tercer piso de la Facultad de Letras, en un cuarto bastante reducido en una de cuyas paredes alguien había escrito con spray rojo *Alcira Soust Scaffo estuvo aquí,* afirmación trazada a treinta centímetros del suelo, clara pero discreta, imposible de ver si el visitante mantenía erguida la cabeza. El graffiti, si bien a la primera mirada resultaba del todo inocente, al cabo de unos minutos y tras repetida lectura adquiría la cualidad de grito, de escena insoportable. Me pregunté quién lo habría escrito —a juzgar por la pintura no parecía reciente—, qué buen hado lo había preservado de los vigilantes de las buenas costumbres, quién sería aquella Alcira que a pocos centímetros del suelo había instalado su campamento.

Jeremías, para aumentar mi perplejidad, me preguntó de sopetón qué quería. Le expliqué, tal vez con demasiada premura, que Colín, el especialista de béisbol de *La Nación,* me había recomendado su taller. Empleé las palabras consejo y sugerencia; a punto estuve de anteponerles los adjetivos brillante y feliz, pero me contuvo su rostro de total extrañeza. En cuestión de segundos ya me odiaban todos.

—No tengo idea de quién es ese señor.

—Bajito, moreno, nariz aguileña —tartamudeé.

—No caigo.

Permanecimos un instante en silencio. Creo que fue el graffiti, la atracción magnética de aquellas letras rojas, que en mi cabeza, ignoro por qué razón, asocié de inmediato con pobreza y ternura, lo que me impidió salir corriendo. No recuerdo en qué momento Jeremías Moreno me invitó a sentarme ni en qué otro instante pronunció las frases de rigor respecto a mi país natal. Los integrantes del taller habían dispuesto las sillas en un círculo sólo interrumpido por la puerta. Entre los aprendices de poetas no había chicas, constaté con un asomo de abatimiento, ahondado, si cabe, al recorrer sus caras y comprobar que ni una sola me resultaba simpática.

¿Quién empieza a leer? Un muchacho delgado repartió tres copias de un poema. A mí no me tocó ninguna pero estirando el cuello pude leer el título en el ejemplar de mi vecino. «El sauce», dijo el muchacho, je je, es un poco metafísico. Échele pa delante. Conté, cada vez más propenso a caer en una bruma mental, veinte versos como el insomne cuenta ovejitas. O tal vez treinta. O tal vez quince patadas en el culo de su propio autor, seguidas de un silencio, de unos mmm, de unas toses, de unas sonrisitas, de unos ajá ajá. Tengo la impresión, dijo un muchacho gordito, que nos intentas pasar gato por liebre. Me parece que el ritmo. No, no, dos gerundios juntos jamás. ¿Y tantas y? Para darle más fuerza. Más fuerza al sauce. Universitarios de mierda, pensé. Sólo reconozco la influencia de Mariano Pérez, dijo el autor, acorralado. (Mariano Pérez era, lo supe después, el compadre de Jeremías y el coordinador de *otro* taller, el taller *oficial,* de la facultad.)

Vaya, vaya, vaya, dijo Jeremías con rencor. Bueno, a mí me sigue pareciendo malo, dijo el gordito, me consta que tienes textos mejores. A mí más bien me suena a Frost, terció un miope. Jeremías casi eructa. Pero si tú sólo has leído a Frost en antologías, pendejo. A ver, vuelve a leer el verso ese, el que dice que el sauce llora. ¿T. S. Eliot? ¿Bonifaz Nuño? ¿Mariano? Por favor, no metamos a Mariano en este crimen. Interesante, dijo el miope, la manera de ordenar los versos. Jeremías le arrebató una copia al que tenía al lado. Con buena voluntad el poema visto al revés parece un sauce. Disposición espacial, supongo, ¿Jean-Clarence Lambert? Te juro que es casualidad. Tal vez es que lo lees mal, Jeremías conciliador y harto, ¿quién quiere leerlo otra vez? Tú mismo, Jeremías, tú eres el que mejor lee. Bueno, cof cof, intentémoslo. ¿Recuerda el sauce su horizonte? Ejem, sí —sonrisa de cocodrilo—, hay algo de Mariano, es indudable. Es que Mariano es mi maestro. Se nota, bueno, mira, elimina los veinte primeros versos y deja el final, tiene mucha fuerza, ¿quién quiere leer ahora?

Los muchachos revisan sus papeles, no se deciden. Jeremías consulta el reloj con gesto profesional de psicoanalista. Escuché gritos que llegaban de los pasillos, voces, chicos que se despedían, portazos, hasta que otro poeta, que aún no había abierto la boca más que para echar el humo del cigarro, repartió, como el anterior, tres copias.

Al finalizar la lectura, recorridos por la misma beatitud, todos asintieron. Hombre, estás mejorando mucho, Márquez, dijo Jeremías. Pero procura no nombrar tanto el amor, Márquez, recuerda a Horacio. Yo creo que este Márquez está enamorado. Je je je. A las cabezadas de asentimiento se añadieron las quejas por la suerte que Márquez tenía en todo. Un buen poema, sí señor. El halagado, agradecido, hizo correr una cajetilla de Camel que antes había mantenido a cal y canto en el bolsillo de la chamarra. Con sumo cuidado encendí un cigarrillo y sonreí porque todos sonreían. Pensé que un taller así era como una pequeña discoteca para gente tímida y aburrida, grave error que más pronto de lo que creía iba a tener ocasión de comprobar. ¿No traes otro, Márquez? No, sólo he mecanografiado éste. ¿De verdad les ha gustado? Un buen poema, sin pretensiones, epigramático, contundente, sentenció Jeremías. El rostro de Márquez experimentó un cambio de colores, sopa extrañísima, mezcla de orgullo y desamparo.

¿En qué pensé entonces? Pensé en comida, en Jan en la azotea, en los autobuses de México que circulan a través de la noche, en Boris, en mí mismo sentado tristemente en aquel cuartucho siniestro. Pero no me moví y valió la pena. Porque de pronto la puerta se abrió y entró un extraño en la reunión, con los jeans manchados de grasa y botas de cuero negro, que dijo hola y permaneció de pie, dándome la espalda, mientras los poetas se revolvían en sus sillas con inquietud y Jeremías decía buenas noches, José, haciéndolo objeto, sin disimulo, de un trato preferencial, aunque deseándole con los ojos y las cejas la peor de las desgracias. El pelo, muy negro, le caía hasta los hombros y llevaba un libro incrustado en el bolsillo trasero del pantalón como el reactor de una nave. Supe que era un kamikaze. O un piloto extraño. Pero también supe que podía ser muchas otras cosas, entre ellas viajero por los talleres de literatura que crecían en la ciudad, aunque en éstos, sin duda, se encontrara fuera de lugar. Acaso divertido cuando se apresuraron a dejarle sitio —entre un filólogo pensativo y yo—, por encima de las miradas de sorna que los poetas se cruzaron entre sí, tranquilo cuando le preguntaron si no le había ocurrido un accidente, si traía poemas, si había estado fuera del DF, si había leído el último libro de.

Sonrió y dijo que no. Que no había salido de la ciudad, que no había sufrido ningún accidente y que no traía nada escrito —ni mucho menos triplicado— pero que eso no era un problema pues él tenía buena memoria.

—Voy a recitarles algo, cuates. A esta poesía la he titulado «Eros y Thanatos».

El mexicano entonces se recostó a lo largo de la silla, fijó los ojos en el techo y se puso a hablar.

—El encargado de la Academia es un tipo animoso. Duerme en el primer piso de la Academia y come en una casa del pueblo. Siempre que sale del granero lo hace montado en la bici-cross. Por la noche se prepara cualquier cosa en un hornillo de gas mientras transmite música folclórica por la radio. Después de que ha comido se prepara un tazón de té y se fuma un cigarrillo. Sólo entonces comienza a trabajar delante del micrófono. Su programa en directo no es muy interesante. Charlas instructivas sobre cómo duplicar o triplicar los cultivos de papas, cómo cocinarlas de cien maneras distintas, cómo hacer sopa de papas o mermelada de papas, cómo conservarlas durante más de cinco años e incluso diez años, etcétera. Su voz es reposada, serena; desgrana las palabras sin pasión pero con un timbre de hombre cabal que inspira confianza. No sé cuánta gente lo escucha. No creo que demasiada. Por esa zona no hay sondeos de audiencia. Pero si alguien lo escuchara con atención se daría cuenta, tarde o temprano, que su voz no sólo es desapasionada o perezosa sino inequívocamente gélida. Cuando termina el programa de radio se fuma otro cigarrillo y anota en una especie de bitácora las observaciones del día. Luego pone a funcionar la grabadora. La cinta rueda y rueda silenciosa y el hombre se duerme sentado o hace ver que está dormido.

—¿Las cintas están emitiendo o están grabando?

—No sé. El hombre, debo decírselo, finge que duerme pero en realidad escucha los sonidos. El granero cruje interminablemente toda la noche, a cada golpe de viento las maderas contestan con un gemido particular y levísimo, y la oreja del hombre está atenta a las ráfagas y a los ruidos del granero. Hasta que se aburre. A veces sueña con Boris.

—¿No escucha toda la noche?

—No. Se aburre y se va a dormir. Las cintas, por supuesto, siguen funcionando. Cuando el encargado se despierta, a eso de las ocho de la mañana, las apaga y rebobina. Sí, la vida en la Academia no es divertida. El paisaje es bonito y el aire es sano, pero la vida no es divertida, por más que el encargado procure ocupar sus horas en manejos de más que dudosa utilidad. Destaquemos, entre todos estos trabajos, tres: las charlas didácticas nocturnas acerca de la papa; la grabadora silenciosa; y el aparato de radioaficionado. Esta última actividad es, si cabe, aún más infructuosa que las anteriores. Resumiendo, el encargado busca en las ondas un mensaje que no llega. Pero, oh, su paciencia es infinita y todos los días, una vez cada ocho horas, lanza su cantinela: HWK, ¿me recibe? HWK, ¿me recibe?, aquí la Academia, HWK, aquí la Academia, aquí la Academia...

—Y nadie contesta.

—No. El hombre busca pero nadie le contesta. En raras ocasiones coge voces lejanas tal vez de otros radioaficionados, palabras sueltas, pero generalmente sólo escucha chirridos de estática. Divertido, ¿no?

—Bueno...

—Es divertidísimo. El pobre encargado tiene un acento marcadamente chileno. Imagíneselo hablando solo con su voz aflautada: HWK, ¿me recibe?, HWK, ¿me recibe? Ja ja ja... Imperturbable...

Querido Forrest J. Ackerman:

Media hora de sueño ha bastado para que apareciera Thea von Harbou. Yo abrí los ojos y le dije me estoy helando, nunca hubiera creído que en estas latitudes iba a pasar frío. (En alguna parte había una manta pero no podía estirar la mano y cogerla.) Ella estaba de pie junto a la puerta, al lado de un póster que Remo trajo hace poco. Cerré los ojos y le dije: dime dónde estoy en realidad. Por la ventana entraban unas luces delgadas, reflejos de edificios distantes o tal vez el anuncio de Tecate encendiéndose y apagándose toda la noche. ¿Estoy solo?, le pregunté y ella sonrió sin moverse de la puerta, los ojos inmensos y profundos y fijos en el rincón donde yo estaba aguantándome los escalofríos. No sé cuánto rato permanecimos así. En algún momento recordé algo y me puse a llorar. La miré entonces a la cara y le dije mira estoy llorando del frío que hace, dónde diablos estará mi manta. Me había puesto muy triste y me quejaba. No sé qué quería: que abriera la puerta y volviera a su nube o que se acercara y me secara los ojos. Le sonreí. Tenía los pómulos brillantes y parecía una estatua de sal. Thea von Harbou, le dije, dime dónde estoy en realidad. ¿Ha comenzado ya la guerra? ¿Estamos rayados todos? No me contestó, pero no duró mucho tiempo. Miré el

reloj despertador de Remo: eran las tres de la mañana. (Mi ojo se reflejó en el vidrio del reloj.) A las tres
y diez me desperté y me hice una taza de té. Ahora
son las cuatro y aguardo a que llegue el amanecer
escribiéndole esta carta. Nunca he leído nada suyo,
señor Ackerman, salvo ese horrible prefacio en donde algún maléfico editor lo llama Mr. Ciencia-Ficción.
Quizá incluso usted también esté muerto y en Ace
Books, adonde le escribo, ni siquiera lo recuerden.
Pero como supongo que sigue amando a Thea von
Harbou le escribo estas líneas. ¿Cómo era ella en mi
sueño? Era rubia. Tenía los ojos grandes y llevaba un
vestido de lamé de la Primera Guerra Mundial. Su
piel era luminosa, no sé, hacía daño. Yo en el sueño
pensé que era la piel irreparable. De verdad, costaba
mucho dejar de mirarla.

   Un abrazo,
   Jan Schrella

—Debería hablarle ahora, antes de pasar a cosas mayores, del doctor Huachofeo. No es una figura importante, pero es imprescindible y ornamental. Es como una mano de pintura en un travesaño. No sé si me explico. Un rayito de luz, un Joselito de bolsillo para nuestros esfuerzos...

—¿Se ha emocionado? ¿También usted, tan joven, recuerda a Joselito?

—Sí, pero no viene al caso. Mejor pregúnteme qué contenían los ficheros de la Academia.

—Adelante, conteste.

—Estaban archivados los cursos sobre papas que el encargado había transmitido por radio o impartido personalmente cuando todavía había alumnos que iban al granero. Ningún papel tenía fecha. No había nombres. Sólo los cursos impartidos, separados por trimestres, hasta completar varios cursos de tres años. A juzgar por los papeles el viejo encargado era responsable de varias promociones de expertos en sobrevivir a base de papas.

—Detesto las patatas. Engordan.

—Pregúnteme qué libros había en el granero.

—Dígalo.

—Si excluimos los manuales y libros de texto, todos relativos al inacabable mundo de la papa, encontraremos sólo uno. La *Historia paradójica de La-*

tinoamérica, de Pedro Huachofeo, licenciado en Economía y doctor veterinario, ambos títulos obtenidos en la Universidad de Los Ángeles, provincia de Bío-Bío. Un mamotreto de quinientas páginas profusamente ilustrado por el propio autor y en donde se narran infinidad de anécdotas, la mitad de las cuales no suceden en Latinoamérica.

—El nombre me suena.

—Tengo que decirle que a Huachofeo, pseudónimo de uno de los más ricos herederos, desheredado, claro, de una familia de latifundistas, lo mató una patrulla en un burdel del sur.

—Ah, siempre la violencia. Y el machismo. ¿Por qué nuestros intelectuales tienen que ser tan siniestros en lo tocante al sexo?

—Se equivoca usted. Huachofeo estaba allí para recibir un mensaje. Su conecte falló y el pobre tipo se quedó un rato más platicando con un cafiche y degustando un rico chacolí de la casa. Pura mala suerte.

—Ya. El encargado, por supuesto, era amigo de Huachofeo.

—No: admirador. O un estudioso de su obra, si usted prefiere. El encargado pensaba que los comadreos y elucubraciones de la *Historia paradójica de Latinoamérica* eran en realidad señales en clave. Pero dejemos al doctor Huachofeo en su tumba. Los mensajes en clave, ya lo verá, abundan. Le he contado todo esto porque el alma del autor muerto, presente en su libro, el único libro no de estudio, por lo demás, que leía el encargado, rondaba junto con otros fantasmas por la Academia. Era una de las animitas protectoras de la Academia. Y eso es todo. Ésa es la Academia de la Papa. La que prepara a Boris.

—Me voy a servir otro vodka.

—Tráigame un tequila, de paso, o lo que sea.

—Magnífico. Está usted ahora más alegre.

El autor de «Eros y Thanatos» se llamaba José Arco. Antes de que acabara aquella noche nos hicimos amigos. Los del taller me invitaron a tomar un café y José Arco vino con nosotros. Yo, dentro del coche de uno de los poetas; él, detrás —pero también al lado y a veces delante de nosotros— en una Honda negra que me dejó sorprendido: en aquellos días las motos circulaban dentro de los poemas cada vez más numerosas, no así los poetas en motos reales y por calles reales; además, su manera de conducir, como pude comprobar desde las ventanillas del coche, era graciosa y singular. Lejos del motociclista hierático, se prodigaba en señales y saludos con la mano y de viva voz, atento no sólo al paisaje que la noche le ofrecía sino también, lo hubiera podido jurar, a las sombras que en las viejas colonias del DF se perfilan, mitad dibujo, mitad aparición, detrás de los árboles, en las veredas rotas. Más tarde, cuando ya todos se habían ido y él y yo seguíamos comiendo y bebiendo, me confesó que tenía la moto averiada y que en el fondo ésta era una carga que sobrellevaba gustoso en su alma de peatón. No le pregunté nada hasta que salimos del bar. La moto, en efecto, ya no arrancaba y decidimos dejarla aparcada junto a la casa cuyo aspecto más nos gustara. En realidad fue él quien me preguntó si me agradaban las fachadas de unas casas que fue señalando no tan al azar, mientras arrastrábamos la moto, rogándome, a la vez, que fuera sincero y no intentara salir del paso con una elección en la que no creyera. La cuarta recibió mi visto bueno. Allí vive Teresa, dijo con una sonrisa. La calle, José Arco, la moto, yo mismo formamos entonces un raro conjunto; nuestras sombras, demasiado oscuras, se alargaban hasta un roble arrugado y casi sin hojas; de lejos, por momentos, llegaba el sonido de una canción. Murmuré, feliz: ¿quién es Teresa?

—Una amiga.

—Vamos a verla y le decimos que hemos dejado la moto aquí.

—No —dijo José Arco—, ya se dará cuenta mañana, cuando se levante.

—Llámala por teléfono, entonces.

—No, es muy tarde, vámonos.

No se necesitaba ser muy sagaz para comprender que estaba enamorado y que la moto aparcada frente a la casa de alguna manera era una ofrenda. No dije nada y nos fuimos caminando. En el fondo me sentía satisfechísimo de haber escogido la casa de la única persona que él conocía en el barrio. Desde donde estábamos, en la colonia Coyoacán, hasta mi azotea, había un montón de cuadras y tiempo para hablar no iba a faltarnos. José Arco, en principio, no era muy comunicativo, o mejor sería decir que era comunicativo a medias: farfullaba cosas incomprensibles, daba por sentado que uno estaba al corriente de lo que decía, le costaba explicar cualquier historia, hablaba como si la desesperación y la dicha fueran una sola cosa, un único territorio, y allí estuviera su Academia de la

58

Lengua y su país. Así, poco a poco, durante esa caminata y otras que siguieron, me hizo un resumen de su vida. Teníamos la misma edad, veintiún años. Había estudiado Sociología y Filosofía y no había acabado ninguna. Una enfermedad, de la que prefería no hablar, lo obligó a dejar la universidad. Pasó cuatro meses en el hospital. Una mañana un médico le dijo que se debería haber muerto hacía quince días. José Arco me contó que entonces se apoyó en un codo y lo descontó con un derechazo preciso, el primero que daba en su vida. Cuando regresó a la universidad, sus compañeros, que ya estaban en segundo curso, le explicaron, algo desengañados, que durante todo ese tiempo lo habían creído en la Sierra, con la guerrilla del Partido de los Pobres. Aguantó dos días y ya no volvió a pisar la facultad. Vivía, por aquellos días, con su madre y su hermano menor, Gustavito, un enorme niño de un metro noventa, en un chalet de Satélite. De su madre ya hablaré más adelante. De Gustavito es poco lo que puedo decir: creo que quería estudiar Derecho, y quizá ya sea abogado, aunque José en repetidas ocasiones intentara convencerlo de que él era la gran esperanza de los pesos completos, el vengador de Pulgarcito Ramos, que México esperaba y que Satélite en particular deseaba para pararles el carro —y de la manera más inesperada— a los de Tepito o la Bondojito. Su hermano se reía con la bondad y la paciencia de los adolescentes que pesan más de noventa kilos y lo dejaba hablar. Creo que José Arco quería a su familia mucho más de lo que aparentaba. (Su padre, en esta historia, es el hombre invisible.) Después se matriculó en Filosofía y volvió a ir casi todos los días a la universidad. Frecuentó, como muchos, los cineclubs y las fiestas que daban los héroes de entonces. Consiguió trabajo como corrector de galeradas de una editorial y dejó de ir a clases; esta vez la universidad y él rompieron para siempre. Se marchó de la casa de su madre a los diecinueve años, casi a los veinte, y se dedicó a rolar por el DF cavilando proyectos insólitos, planeando escenas veloces y meticulosas que lo dejaban de pronto agotado, transido, a horcajadas sobre la moto detenida de prisa en cualquier lugar, sujetándose del manubrio para no caerse. Gracias a él conocí las madrigueras de San Juan de Letrán, las vecindades de los alrededores de Garibaldi en donde vendimos a crédito lámparas con la imagen de la Virgen de Guadalupe, las casas subterráneas de Peralvillo, los cuartos polvorientos de la Romero Rubio, los estudios fotográficos clandestinos de la avenida Misterios, las fondas que había detrás del Tepeyac y a las que llegábamos en moto cuando empezaba a salir el sol en ese lado del DF, alegre y leproso, y nosotros, a los ojos de las señoras que nos servían pozole, también parecíamos alegres y leprosos. Entonces él era el rey de las ranas y yo era el embajador de las ratas y nuestra amistad y nuestros negocios marchaban viento en popa. Numerosas fueron las noches que pasamos juntos en nuestra azotea, con Jan, a quien desde el primer momento quiso. A veces llegaba tarde, a las tres o cuatro de la mañana, y nos despertaba con un grito larguísimo, como de lobo, y entonces Jan saltaba de su colchoneta, se asomaba a la ventana y decía: es José Arco. Otras veces nos encontraba despiertos, leyendo o escribiendo, y subía con una botella de tequila y tres tortas de jamón, con postales de Posada y Remedios Varo para la correspondencia de Jan, con libros de poesía y revistas marginales y noticias sobre la nube, el ojo que se acercaba al DF. No me asustes, decía yo. Jan se reía, le encantaban las visitas de José Arco. Él se dejaba caer en el suelo y me preguntaba qué artículo estaba perpetrando para la Muñeca y luego se ponía a hablar con Jan de ciencia-ficción. Las tortas, envueltas en papel de estraza, eran enormes y llevaban de todo: frijoles, tomate, lechuga, crema, aguacate, chile y dos lonchas de jamón dulce. La botellita de tequila se acababa pronto, antes que las tortas, y solíamos terminar la velada bebiendo té, sintonizando muy bajito algún programa de radio, leyéndonos versos, Jan traduciendo poemas de Daniel Biga o Marc Cholodenko, a quienes José Arco iba a conocer personalmente muchos años más tarde, pero eso ya es otro cuento; a las seis y media o a las siete se despedía, bajaba de uno en uno los escalones, se montaba en su Honda y desaparecía por Insurgentes. Nosotros volvíamos a nuestras colchonetas y nos poníamos a dormir y a veces yo soñaba que José Arco se deslizaba con su moto negra por una avenida completamente helada, sin mirar los carámbanos que colgaban de las ventanas, tiritando de frío hasta que de improviso, en un cielo que también era blanco y gélido, aparecía un rayo de un color rojo intenso y las casas y las calles se rajaban y la figura de mi amigo desaparecía en una especie de huracán de barro. El despertar, por lo regular, venía acompañado de un agudo dolor de cabeza.

—Ayer soñé con Thea von Harbou... Me desperté sobresaltado... Pero luego, pensando, se me ocurrió que soñé con ella a causa de una novela que leí hace poco... No es que fuera una novela extraña pero me quedé con la impresión de que el autor escamoteaba algo... Y después del sueño lo entendí...

—¿Qué novela?

—*La Sombra,* de Gene Wolfe.

—...

—¿Te la cuento?

—Bueno, mientras hago el desayuno.

—Yo me tomé un té hace rato, cuando dormías.

—Me duele la cabeza. ¿Vas a querer otra taza de té?

—Sí.

—Cuenta, te estoy escuchando aunque te dé la espalda.

—Es la historia de una nave espacial que lleva mucho tiempo buscando un planeta habitable para la raza humana. Por fin, encuentran uno, pero ha pasado mucho desde que iniciaron el viaje y la tripulación ha cambiado; todos han envejecido, aunque debes saber que eran muy jóvenes al iniciar el viaje... El cambio está en sus hábitos: han surgido sectas, sociedades secretas, clubes de brujería... La nave también ha entrado en un proceso de desgaste, hay computadoras que no funcionan, luces que se estropean y que nadie se molesta en arreglar, camarotes destrozados... Luego, al encontrar el nuevo planeta, la misión termina y ellos deben regresar a la Tierra con la noticia, pero nadie desea regresar... El viaje les consumiría el resto de su juventud y volverían a un mundo desconocido, pues en la Tierra, mientras tanto, han pasado varios siglos, ya sabes, ellos se han desplazado casi a la velocidad de la luz... Sólo es un planeta superpoblado y hambriento... E incluso hay quienes creen que ya no hay vida en la Tierra... Entre éstos está Johann, el personaje principal... Johann es un tipo reservado, de los pocos que aman la nave... De estatura normal... Las estaturas van por orden jerárquico, la capitana de la nave, por ejemplo, es la más alta y los tripulantes rasos, pues los más chaparritos... Johann es teniente; vive su vida sin hacer muchas amistades, cumple con su deber, es rígido como casi todos, se aburre... Hasta que llegan al planeta desconocido... Entonces Johann descubre que su sombra se ha vuelto más oscura... Negra como el espacio exterior y densísima... Como puedes suponer no se trata de su sombra sino de un ser aparte que se cobija allí y que imita los movimientos de su sombra... ¿De dónde ha surgido? ¿Del planeta, del espacio? Nunca lo sabremos, ni importa demasiado... La Sombra es poderosa, como luego se verá, pero tan reservada como Johann... Mientras tanto, las sectas preparan el motín... Un grupo intenta convencer a Johann de que se les una, le dicen que él es un elegido, que el destino de todos es crear algo nuevo en aquel planeta... Algunos parecen bastante pirados, otros, peligrosos... Johann no se comprometa a nada... La Sombra, entonces, lo transporta al planeta... Éste es una jungla inmensa, un desierto inmenso, una playa inmensa... Johann, vestido sólo con pantalones cortos y sandalias, casi como un tirolés, camina por entre la vegetación... Mueve la pierna derecha después de sentir que la Sombra le empuja la pierna derecha, luego la izquierda, despacio, esperando... La oscuridad es total... Pero la Sombra lo cuida como si fuera un niño... Al regresar, estalla la rebelión... El caos es total... Johann, por precaución, se quita sus galones de oficial... De pronto encuentra a Helmuth, el favorito de la capitana, uno de los cabecillas rebeldes, quien lo intenta matar, pero la Sombra se adelanta y lo asfixia... Johann comprende lo que ocurre y se abre paso hasta el puente, allí está la capitana y otros oficiales y en las pantallas de la computadora central ven a Helmuth y a los amotinados preparando un cañón láser... Johann los convence de que todo está perdido, de la urgencia de huir hacia el planeta... Pero él, en el último momento, se queda... Vuelve al puente, desconecta las falsas imágenes que el grupo de la computadora había manipulado y envía un ultimátum a los rebeldes... Quien entregue las armas en el acto será totalmente perdonado, de lo contrario morirá... Johann conoce los resortes de la ilusión y de la propaganda... Por otra parte tiene de su lado a la policía y a los infantes de marina —que han hecho todo el viaje hibernados— y sabe que el triunfo no se lo quita nadie... Finaliza el comunicado diciendo que quien habla es el nuevo capitán... Luego traza otra ruta y abandona el planeta... Y eso es todo... Pero entonces fue que soñé con Thea von Harbou y supe que aquella nave era del Reich del Milenio... Todos alemanes... Todos atrapados por la entropía... Aunque hay cosas extrañas, excepcionales... Una de las chicas, la que se acuesta más a menudo con Johann, recuerda, bajo el efecto de una droga, algo doloroso y dice llorando que se llama Joan... La chica se llama Grit y Johann piensa que tal vez su madre la llamó así en su infancia... Nombres antiguos y pasados de moda... Y proscritos por los psicólogos...

—Quizá la chica intentaba decir que se llamaba Johann.

—Puede ser. En realidad, Johann es un oportunista de mucho cuidado.

—¿Y por qué no se queda en el planeta?

—No lo sé. Alejarse del planeta, no precisamente para volver a la Tierra, es como escoger la muerte, ¿no? O tal vez la Sombra lo convenció de que no debían colonizar ese planeta. En cualquier caso, allí se quedan colgados la capitana y un montón de gente. Mira, lee la novela, es muy buena... Yo creo ahora que la esvástica se la pintó el sueño, no Gene Wolfe... Aunque quién sabe...

—Así que soñaste con Thea von Harbou...

—Sí, era una chica rubia.

—¿Pero tú has visto alguna vez una foto de ella?

—No.

—¿Cómo supiste que era Thea von Harbou?

—No sé, lo adiviné. Era como Marlene Dietrich cantando «La respuesta está en el viento» de

Bob Dylan, ¿sabes?, una cosa rara, espeluznante, pero muy próxima, no sé cómo, pero próxima.

—Así que los nazis dominan la Tierra y envían naves a buscar nuevos mundos.

—Sí. En la lectura de Thea von Harbou.

—Y encuentran a la Sombra. ¿Ése no es un cuento alemán?

—¿El de la Sombra o el del que pierde su sombra? Bueno, no lo sé.

—¿Y todo esto te lo contó Thea von Harbou?

—Johann cree que los planetas habitados, o habitables, son una excepción en el Universo... En su historia, los tanques de Guderian arrasaron Moscú...

—¿Boris Lejeune?

—Sí.

La voz interrumpe el desayuno como una bomba largo tiempo esperada pero que no por eso pierde su capacidad de sorpresa y de terror. El encargado da un salto, se le cae la taza de té al suelo, empalidece. Luego intenta levantarse y el taburete en el que está sentado se le enreda en los pies. A gatas, con la mirada anhelante, se arrastra hasta donde las cintas ruedan silenciosas. Espera. Se pregunta, mordiéndose los labios, si no ha sido una ilusión auditiva la voz que hace un momento lo ha trastornado. Finalmente, casi como un premio a la perseverancia, aunque de ninguna manera lo es, vuelve a escuchar en los amplificadores, que ha conectado a toda prisa, una voz lejana que repite un nombre. Teniente de caballería Boris Lejeune. Luego escucha una risa. Luego la estática, magnificada por los amplis, se desparrama por el tercer piso de la Academia, por el segundo, por el primero, hasta perderse en el patio en donde una niña se mueve sigilosamente. Debe tener unos siete años y se llama Carmen. Bajo el brazo lleva unos tubos que ha «robado» de entre los cachivaches del granero. Su primera intención era marcharse pero el ruido la mantiene quieta, inmóvil en la actitud de correr...

—¿Y nada más?

—¿Qué más quería usted?

—¿La voz sólo dice soy el teniente Boris Lejeune?

—Teniente de caballería.

—¿Y eso es todo?

—Se escucha una risa. Es una risa fresca y burlona de muchacho. Déjame que me ría un poco, dice. Ahora soy el teniente de caballería Boris Lejeune. El curso se inicia dentro de unos minutos. Esto es nuevo para mí. Disculpad por anticipado los errores. El uniforme es bonito, de acuerdo, pero hace un frío que pela. El curso comienza ahora. Mi regimiento está instalado junto a un campo de patatas.

—La voz de ultratumba, sin duda, deja sin aliento al encargado.

—No precisamente.

—¿Y la niña sigue inmóvil en el patio?

—La niña, incapaz de resistir la curiosidad, entreabre la puerta y espía. En el primer piso, por supuesto, no hay nadie, así que sin tomar demasiadas precauciones comienza a subir las escaleras.

—Mientras tanto Boris Lejeune contempla un campo de patatas.

—O de papas, es lo mismo. Y mientras Lejeune contempla el patatal el encargado se multiplica cambiando enchufes, poniendo en marcha grabadoras, tomando notas en un cuadernito, probando volúmenes, etcétera. Trabajos vanos e inútiles, que sólo dan fe del miedo que en ese momento embarga al viejo, pues el *curso,* como ha dicho el teniente, ya ha empezado. Por su parte, la niña ha llegado al tercer piso y desde un hueco en la escalera observa con ojos asombrados toda la escena. El cielo comienza a metamorfosearse. Al poco rato ofrece a la vista una curiosa mezcla de blancos y de grises con abundancia de caprichosas figuras geométricas. Sin embargo el único que levanta la vista y lo observa meditabundo antes de cruzar el patatal es el teniente de caballería. La niña está demasiado absorta en los aparatos nunca antes vistos. El encargado sólo tiene ojos para vigilar sus empalmes. Lejeune suspira, luego mete sus botas de oficial en la tierra negra y se encamina hacia las tiendas levantadas en el otro lado del patatal. En el campamento todo es confuso. Al pasar junto a la enfermería Lejeune observa los primeros muertos y deja de silbar. Un cabo le indica las tiendas del Estado Mayor. Mientras se dirige a ellas se da cuenta que están levantando el campamento. En cualquier caso todo se hace con lentitud tal que resulta difícil saber si la tropa se retira o se instala. Cuando por fin encuentra a sus jefes Lejeune pregunta qué debe hacer. ¿Quién es usted?, truena la voz del general. La niña, de golpe, ovilla su cuerpo en el hueco de la escalera. El encargado traga saliva. Lejeune contesta: teniente Boris Lejeune, estoy al otro lado del campo de patatas, mi general, acabo de llegar. En buena hora, dice el general y de inmediato lo olvida. La conversación pronto se transforma en un griterío que nadie entiende. Lejeune retiene las palabras honor, patria, vergüenza, grandeza, orden, etcétera, antes de escabullirse fuera de la tienda. La niña entonces sonríe. El encargado mueve la cabeza como diciendo es lógico, yo ya lo sabía. A medida que pasan las horas en el campamento militar va creciendo un sentimiento de derrota y de pánico. Lejeune vuelve a cruzar el patatal y espera. Antes de que anochezca del campamento se levanta un zumbido nervioso. Algunos soldados que pasan junto a él gritan estamos en medio de una bolsa gigantesca. Los alemanes nos van a dar por el culo. Lejeune sonríe y dice: bueno, el curso ha empezado con retraso, pero estamos en ello. Perfecto, perfecto, huifa ayayay, exclama el encargado. La niña recula porque de pronto se ha dado cuenta que es de noche. Una hora después comienza el fuego.

En aquel tiempo, ignoro por qué razón (podría nombrar varias), los talleres literarios florecieron en el Distrito Federal como nunca antes. José Arco tenía algunas ideas al respecto. Podía tratarse de un fenómeno inducido desde ultratumba por los padres de la patria, o de un exceso de celo por parte de algún departamento de la Secretaría de Educación, o de la manifestación visible de otra cosa, la señal que mandaba el Huracán, como explicaba mi amigo entre serio y divertido. En cualquier caso las cifras cantaban: según la revista *Mi Pensil,* cuyo director, redactor jefe y mecenas era el viejo poeta y político michoacano Ubaldo Sánchez, las revistas de poesía de todo tipo de tiraje en el año..., sólo en el DF, alcanzaron el nada despreciable número de 125, récord que entonces se pensó insuperable; ese caudal de revistas había ido en franco descenso a partir de entonces y de pronto volvió a subir, de 32, cifra del año pasado, a 661 en el año actual, y la proliferación, añadía don Ubaldo, aún estaba lejos de terminar, pues corría el mes de... Para finales de año vaticinaba la escalofriante cifra de 1.000 revistas de poesía, el 90 por ciento de las cuales con toda seguridad dejaría de existir o cambiaría de nombre y de tendencia estética en el año venidero. ¿Cómo es posible, se preguntaba don Ubaldo, que en una ciudad donde el analfabetismo *crecía* en un 0,5 por ciento anual, la producción de revistas líricas aumentara? Asimismo, los talleres literarios, que en el año pasado sumaban 54, según la Hoja Cultural de Conasupo, en el año en curso se tenían contabilizados más de 2.000. Estas cifras, por supuesto, jamás llegaron a publicarse en periódicos de gran tiraje. En realidad, el hecho de que la Hoja de Conasupo (que, como su nombre lo indica, era una hoja tamaño tabloide que se repartía entre los funcionarios de dicho servicio, semanalmente, junto con tres litros de leche) se dedicara a contabilizar los talleres del DF era bastante sospechoso. Con José Arco intentamos investigar el asunto; o mejor dicho, él lo intentaba y yo lo acompañaba, instalado en el precario asiento trasero de su Honda, y de paso conocía la ciudad. El poeta de *Mi Pensil* vivía en la colonia Mixcoac, en un caserón de la calle Leonardo da Vinci. Nos recibió encantado, me preguntó qué demonios pensaba de lo que acababa de suceder en mi país, aseveró que en los militares no se podía confiar nunca, luego nos regaló algunos números atrasados de *Mi Pensil* (si no me falla la memoria, la revista tenía 25 años de vida y 18 números, algunos peor editados que otros y ninguno mayor de 15 páginas, a través de las cuales don Ubaldo se había peleado virtualmente con todos los escritores de México). Con un rugido, mientras iba a buscar a la cocina una botella de ginebra y una coca-cola familiar, nos conminó a que fuéramos sacando los poemas. José Arco, con una sonrisita, separó uno de sus textos y lo dejó sobre la mesa. ¿Y usted?, dijo don Ubaldo. Yo le mandaré el poema después, mentí. (Cuando nos fuimos le reproché a mi amigo su debilidad por publicar en donde fuera.) A la tercera copa le preguntamos de dónde sacaba la cifra de 661 revistas. Nos gustaría mucho, dijo José Arco, que nos facilitara los nombres y direcciones de todas. Don Ubaldo lo miró con los ojos entornados. Anochecía y no había ninguna luz encendida. La pregunta ofende, joven, dijo el viejo, está claro, son muchos años de lucha y el nombre, al menos, les suena. ¿Les suena?, murmuré. A los directores de las nuevas revistas, a los encargados de hacerlas circular, les suena el nombre de mi revista, pionera en muchos sentidos como usted seguramente no debe saber por ser nuevo en la República. Hombre, está claro, clarísimo, dijo José Arco, pero en su artículo usted destaca un crecimiento muy grande y cuesta pensar que toda esa gente conozca *Mi Pensil*, ¿no le parece? Don Ubaldo asintió con lentitud. Luego abrió uno de los cajones de su escritorio y sacó una revista de hojas verdes, delgada, cuyas letras impresas parecían saltar de las páginas. Hijo, tiene usted su parte de razón. Acto seguido nos pasó a explicar que a él le habían llegado este año 180 revistas líricas, de las que 25 eran sobrevivientes del año pasado. Entre las 155 nuevas estaba la que teníamos en nuestras manos. De allí había tomado la información sobre las 480 revistas restantes, que junto con *Mi Pensil* hacían la cifra de 661. Doy fe de la veracidad de esa información, al doctor Carvajal lo conozco desde siempre. ¿El doctor Carvajal? El director de lo que tienen en las manos, jovencitos. Lo que teníamos en nuestras manos se llamaba *México y sus Letras,* y apenas tenía cinco páginas. La portada, una hoja verde en nada diferenciable de las del interior, exhibía con letras mayúsculas de máquina de escribir (Olivetti Lettera 25, como luego nos precisaría Jan) el nombre de la revista bien centrado en la parte superior y subrayado dos veces; un poco más abajo, entre paréntesis y subrayado una sola vez, se leía: Boletín Lírico del Distrito Federal; en la parte inferior, sin subrayar, se daba crédito al director: doctor Ireneo Carvajal. Cuando levantamos la mirada don Ubaldo sonreía satisfecho. La luz de la calle que entraba por la única ventana de la habitación daba a su rostro contornos de diablo de piedra. ¿El doctor es poeta?, por primera vez José Arco empezó a dar señales de vacilación, su voz apenas se sostuvo en la oscuridad que rápidamente ganaba terreno. El creador de *Mi Pensil* soltó una carcajada: jamás se había atrevido nadie a llamar poeta al doctor Carvajal. Hijodeputa, sí; mala sombra, carnero de Dios, eremita traidor, también. Aunque ha leído más que nosotros tres aquí juntos, hijitos. Noté, no sin alarma, que Ubaldo Sánchez, a medida que transcurría la velada, se parecía cada vez más al Lobo Feroz; nosotros, por simetría, supuse, debíamos estar convirtiéndonos en una doble Caperucita. Di la vuelta a la hoja: en las páginas interiores había una breve nota introductoria a la que seguían los nombres y direcciones —sólo en algunos casos— de las revistas. En la contraportada la inocente frase *registro en trámite* poseía un vago sentido lapidario. De pronto pensé y sentí que la revistita me quemaba las yemas de los dedos. ¿Puede encender la luz, maestro? La voz de José Arco sonó perentoria. Don Ubaldo pareció brincar. Luego dijo algo ininteligible y se levantó pesadamente. La luz, aunque anémica, nos enseñó una habitación en donde los papeles sueltos y los libros parecían trabados en un combate permanente. Sobre una mesilla distinguí un busto barato de un guerrero indio; en las paredes, fotos de revistas en blanco y negro y a colores intentaban coexistir con el empapelado. ¿Nos podría facilitar la dirección del doctor Carvajal? El viejo asintió con la cabeza. Bueno, dijo José Arco, supongo que nos podemos quedar con este ejemplar. Supone usted bien, refunfuñó don Ubaldo. Al marcharnos me fijé en una arrugada foto sepia que había sobre el escritorio: un grupo de militares a caballo, todos mirando hacia la cámara menos uno, y en el fondo un par de Ford de los años veinte que engañosamente emergían de una gran polvareda estática.

Cuando nos abrió la puerta, comenzó a llover. Jovencitos, esta ciudad de mierda está más viva que de costumbre, supongo que lo notan. Sí, dijo José Arco, nos damos cuenta. ¿A qué se deberá?, murmuró para sí el viejo.

En los días siguientes no pude seguir a José Arco en sus andanzas, así que cuando apareció por nuestra azotea, tanto Jan como yo le rogamos nos contara lo que había averiguado hasta entonces. El relato de nuestro amigo, en parte decepcionante y en parte con un margen de misterio, consistía en lo siguiente: un poeta, animador de la revista *El Norte Volante*, incluida, por lo demás, en el informe del doctor Ireneo Carvajal, y funcionario de Conasupo, en donde ocupaba un puesto bastante oscuro —no recuerdo si era portero, office boy o mecanógrafo—, había sido hasta el momento su única fuente de información. De esta manera supo que la Hoja raramente se repartía entre el personal administrativo, pudiéndose hallar, por el contrario, en cualquier mostrador de la cadena de supermercados baratos que este organismo tenía en los barrios del DF. Aunque decir cualquier mostrador era una exageración como mi amigo pronto comprendió: había supermercados a donde la Hoja no había llegado nunca y en otros los encargados podían, escarbando entre los papeles, rescatar Hojas de hacía cinco o seis meses. En total, José Arco tenía cuatro Hojas Culturales, contando la que ya poseía antes de iniciar la pesquisa. El poeta de *El Norte Volante* creía que se encargaba de redactar y editar la Hoja alguien del departamento cultural, y allí, para nuestra desgracia, no conocía a nadie. Parecía obvio, dada la buena impresión y calidad del papel, que la Hoja contaba con medios. El por qué se distribuía en los supermercados era intrascendente, así como funcionaban las cosas en las oficinas debían funcionar en el hipotético departamento de cultura. Aquí el amigo de José Arco había hecho hincapié en la posible inexistencia de dicho departamento. Así, era intento vano buscar explicaciones, causalidades. La entrevista había finalizado con una invitación para que enviáramos inéditos a *El Norte Volante*. Después José Arco había recorrido en su Honda diez o quince supermercados baratos y al final, sin saber muy bien en qué estaba perdiendo el tiempo, se halló en posesión de cuatro Hojas. Dejando a un lado la que ya conocíamos, las tres restantes estaban dedicadas a: 1) Corridos urbanos, 2) Poetisas mexicanas y extranjeras del DF (en donde aparecía un número increíble de mujeres cuyos nombres, para no mencionar sus obras, desconocíamos en absoluto) y 3) El graffiti en el DF, ¿un arte invisible o decadente? Y eso era todo, por ahora. José Arco pensaba que de alguna manera, que ya se le ocurriría, iba a conocer al autor o a los autores de la Hoja, quienes, de más está decirlo, nunca firmaban los artículos. ¿Qué clase de persona podía ser? Desde un verdadero vanguardista hasta un agente de la CIA, en cualquier caso cosas más raras se habían visto en Conasupo. Y por supuesto quedaba pendiente todavía una entrevista con el doctor Carvajal.

—Tal vez la misma persona —sugerí.

—Puede, pero no creo.

—A mí lo que me gustaría saber es cómo conseguiste la primera Hoja, la de los talleres de poesía, aunque mira, comparando, son mejores las de las poetas y los graffitis —dijo Jan.

—Es algo bastante curioso —dijo José Arco—. Me la regaló Estrellita, a ver cuándo la conocen.

—¿Estrellita?

—El espíritu de La Habana —dijo José Arco.

Querido Robert Silverberg:

¿Está usted en el Comité Norteamericano de Escritores de Ciencia-Ficción Pro Damnificados Totales del Tercer Mundo? Si no lo está, mi sugerencia es la siguiente: entre, forme parte de dicho comité, asóciese, prolongue subcomités en San Diego, Los Ángeles, Seattle, Oakland, en las universidades donde acuda como conferenciante, en las barras de los bares de hoteles de tres estrellas. Si su cuerpo aún tiene la energía que ha derrochado en su obra, entre a formar parte del comité y acelérelo. Haga de cuenta que le habla su gemela ciega y créame. Lo veo capaz de inyectarle dinamismo a esa asociación, de llevar adelante los proyectos más inverosímiles; lo veo capaz, a usted y a unos pocos más, de mirarle los ojos líquidos a la Esencia del comité y no echarse a correr aullando como un loco. Por lo demás, su gemela ciega le dice: adelante, Robert, demuestra que no sólo has aprendido tras un largo, larguísimo camino, a escribir como la gente, sino también que el Comité Norteamericano de Escritores de Ciencia-Ficción Pro Damnificados Totales del Tercer Mundo puede contar con tu colaboración. Donald Wollheim hubiera colaborado. No sé, tal vez el profesor Sagan en alguna de sus pesadillas. (Pensándolo bien: Donald Wollheim no.) Pero usted ahora puede hacerlo y de paso meter a sus amigos y amigas que escriben y proporcionarle un gusto al secretario general que se aburre solitario en un cuartucho de San Francisco. Llámelo por teléfono, que ese teléfono negro suene y que la mano temblorosa descuelgue el receptor. ¿Está Harlan Ellison en el asunto? ¿Está Philip José Farmer en el asunto o se masturba subido en la azotea? Apoye al comité antes de que se desvanezcan —primero el sueño, después la nada— las escaleras de caracol que conducen a las mejores azoteas. Habitaciones vacías, ventanas sucias, alfombras raídas, en la mesa un vaso de whisky, un reloj, la almohada arrugada, nada de eso sirve. La imagen, querido Robert, es ésta: amanecer color perro, por entre las siluetas de las montañas comienzan a aparecer las naves, Chile empieza a hundirse junto con Latinoamérica, nosotros nos convertimos en fugitivos, ustedes, en asesinos. Y la imagen no es estática, no es «para siempre», no es un esforzado sueño heroico, sino que se mueve, ¡en múltiples direcciones!, y quienes mañana se enzarcen como fugitivos y asesinos pasado mañana pueden meter conjuntamente la jeta en el vacío, ¿no? He disfrutado tanto con algunas de sus páginas... Me gustaría tanto que ambos pudiéramos vivir y encontrarnos... Cruzar la línea... Sin control... Y fingir que creemos que el Ojo de Piedra del comité es una broma de Pepito Farmer... ¡Genial! ¡Besos!

Suyo,
Jan Schrella

—En medio del fuego y del desorden Lejeune se las ingenia para huir junto con un coronel y un recluta parisino. ¿Qué piensa de todo esto, mi coronel?, pregunta Lejeune sin dejar de correr ni un solo instante. El coronel no quiere o no puede responder, así que nuestro teniente formula la misma pregunta al recluta de París. Una mierda, la culpa de todo la tienen nuestros oficiales, hemos sido traicionados, dice el recluta. Cállese y corra, ordena el coronel. Por fin los tres se detienen en un altozano. Desde allí contemplan el paso de los tanques y la columna de prisioneros que comienza a formarse en la retaguardia de los alemanes. El coronel, exhausto, saca un cigarrillo, lo enciende, aspira el humo un par de veces y finalmente apunta al recluta con la brasa llameante: debería darle vergüenza decir lo que ha dicho, le juro que le haré formar juicio por insubordinación y falta de respeto. El recluta se encoge de hombros. Le juro, dice el coronel, que haré que lo fusilen los nuestros o los alemanes, me da lo mismo. ¿Qué piensa usted de todo esto y qué va a hacer?, pregunta Lejeune al recluta. Éste medita durante unos segundos, luego se vuelve, apunta su arma al pecho del coronel y dispara. Lejeune formula de nuevo la primera parte de la pregunta. El recluta dice que no tiene idea, que esto va para largo. El cuerpo del coronel da saltos sobre la hierba oscura. Lejeune se inclina y le pregunta cuál sería en su opinión la mejor defensa que oponer al enemigo. El orden, dice el coronel, lívido. Luego dice Dios mío Dios mío y muere. La columna de prisioneros comienza a moverse. El recluta vacía los bolsillos del coronel, se queda con los cigarrillos, el dinero y el reloj y desciende del altozano a reunirse con los prisioneros. Lejeune se sienta en el suelo. Junto al cuerpo del muerto hay una fotografía de mujer. En el reverso está escrito «Monique y la brisa. St. Cyr». La observa durante mucho rato. Es una mujer joven y bonita. Cuando se cansa se deja caer de espaldas y se queda así, acostado, mirando las estrellas que se hinchan en la bóveda celeste. El encargado de la Academia recuerda entonces que Huachofeo sugería una escena similar en su *Historia paradójica de Latinoamérica*.

—¿Y la niña?

—La niña ha bajado las escaleras sin hacer ruido, ha salido del granero, ha llegado a su casa, se ha comido un plato de porotos que le dejaron sobre la mesa, se ha quitado los zapatos y se ha metido en la cama junto a su madre. El encargado ha cenado un huevo duro y una taza de té y se ha tirado en una colchoneta arropado con un par de mantas de vicuña. El teniente Boris Lejeune se ha quedado dormido mirando las estrellas.

—¿Sueñan con el Huracán?

—Puede. A la mañana siguiente la actividad de Lejeune es vertiginosa: se fotografía con el general Gamelin, con el general Giraud, con el general De Gaulle, con el general Weygand, con el general Blanchard, con el Estado Mayor del general Gort, mirando el paisaje de Arras o de Ypres, por las calles de Lille, de Givet, de Sedán, a orillas del Mosa y en las dunas de Dunkerque. El despertar del encargado, por el contrario, en casi nada difiere de la rutina diaria: desayuna con frugalidad y rapidez y se pone a trabajar. La niña se despierta con fiebre. Ha soñado con una explosión nuclear, creo que un batallón yanqui se cargaba Los Ángeles con un par de bombas de neutrones. Junto al río Bío-Bío estaba el Huracán y al explotar las bombas el Huracán se abría, como un cine gigantesco, y en su interior había una fábrica que se llamaba Pompeya, en donde construían motos. Motos Benelli. Poco después, de la fábrica salía una moto y luego otra y otra: era un batallón de komsomoles del sur de Chile que se dirigían a aniquilar o ser aniquilados por los yanquis. El encargado, entonces, comienza a percibir que todas las piezas del curso están llegando o al menos ya están en camino de Santa Bárbara. La madre de la niña alivia la fiebre de su hija con redondelas finitas de papa cruda remojadas en vinagre. Boris Lejeune se fotografía encaramado en un tanque francés en las cercanías de Abbeville.

Mmm, dijo José Arco, la mano extendida sosteniendo un cerillo, la firma de este buey es un triángulo con boca. Prendí otro. Pero cómo se puede haber estropeado esta puta luz. Lleva así dos días, mira, aquí está el que te dije. Me acerqué un poco más, el olor a mierda y orina subía desde el suelo, pegajoso. ¿Es ésa? Sí, dijo José Arco encendiendo otro cerillo. Bueno, pero si no se distingue nada. ¿Así que eso es una caverna? Acércate más, voy a encender dos cerillos, tú haz lo mismo y mira. Bajo las cuatro lengüitas vi el entramado de líneas, algunas muy gruesas, otras apenas visibles sobre la baldosa blanca, que conformaban la caverna. En realidad, más que caverna semejaba un donut tallado a hachazos. Dentro del donut se distinguía la silueta o la sombra de dos seres humanos, un perro cagando y un hongo atómico. ¿Qué, lo ves ahora? Asentí con la cabeza. Bastante explícito, ¿no? Bastante terrorífico, contesté. El perro tiene tres colas, ¿te has fijado? Sí, claro, es que la está moviendo. ¿Pero está cagando, también? Claro, caga y mueve la cola. ¿Y los hombres qué hacen? No sé, me dio la impresión, la primera vez que la vi, de que estaban tomados de la mano, pero ahora no lo aseguraría; además, fíjate bien, creo que son sombras, no cuerpos. ¿Las sombras de la caverna de Platón? Huy, tanto no apostaría, pero incluso por el tamaño del hongo atómico yo me inclinaría por las sombras. O sea: ellos nos están mirando a nosotros y nosotros vemos sus sombras reflejadas en el fondo de la caverna. No, están de espaldas a nosotros, mirando la boca de la caverna porque en el horizonte, bastante lejos, ha explotado una bomba atómica. Puede. ¿Y el perro? ¿Por qué la mascota se caga dentro de la caverna? Je je. Un detalle entrañable, ¿no? Ah, no. Yo creo que se caga de miedo, pobre Rin-Tin-Tin. Con miedo no mueven la cola, yo tuve un perro cuando chico y te puedo asegurar que no. Yo jamás he tenido un perro, ¿sabes?, ahora que lo pienso creo que eres el primero que conozco que me cuenta que tuvo un perro. No me jodas. Shhh, cuidado, viene alguien. Cerré la puerta del wáter. Al rato escuchamos el chasquido de un encendedor y luego el sonido de algo líquido resbalando por el meadero, afuera. Un instante después, quienquiera que fuese se cerró la bragueta y se marchó. El fósforo se me había consumido entre los dedos, noté que las yemas del pulgar y el índice las tenía quemadas. José Arco encendió otro cerillo. Y qué firma más peculiar, dijo imperturbable, un triángulo con una boca de labios gruesos —se diría que medio grito—, sin duda influida por el anagrama de los Stones pero en versión cubista salvaje. Ya está bien, ya está visto, dije, vámonos. ¿Lo has examinado bien? No sé, dije, este lugar me marea. Me pregunto si no habrá sido el propio autor quien ha echado a perder la luz, murmuró José Arco. Cuando salimos, la iluminación del café nos deslumbró y pareció acelerar nuestros movimientos; no lo pudimos evitar, era como si bailáramos esquivando las mesas hasta llegar a donde habíamos dejado nuestros cafés con leche.

A estas visitas —encuentros inesperados y excursiones sin sentido— José Arco las llamó genéricamente la Investigación. En líneas generales, ésta no consistía en otra cosa que en intentar verificar, estudiar en el lugar de los hechos, los informes sacados de la Hoja Cultural de Conasupo y de la revista del doctor Carvajal, amén de otras pistas que iban saliendo sobre la marcha. En poco tiempo visitamos bastantes talleres de poesía y conseguimos revistas cuyo tiraje no superaba en algunos casos los diez ejemplares fotocopiados. También abrimos los ojos para no dejar pasar inadvertidos los graffitis —el arte invisible, ¿o decadente?— que nos señalaba la Hoja. La suerte, sin lugar a dudas, estaba de nuestra parte, pues pronto reunió en un solo lugar varias de nuestras hipótesis de trabajo. Este lugar era el café La Habana, en donde José Arco encontró el graffiti del Triángulo con Boca o Triángulo que Ríe, establecimiento ya frecuentado por mi amigo en días anteriores al comienzo de la Investigación, si bien no con tanta asiduidad como desde entonces. En La Habana, una tarde cualquiera, mientras hablaba con un grupo de amigos, Estrellita le había pedido que la invitara a un café con leche y luego le había regalado la Hoja. A él y a nadie más. Cuando días después la buscó en vano por los alrededores de Bucareli, encontró, pintada en el wáter del café, la caverna. De esa manera, en los días siguientes, mientras buscábamos, debo añadir que sin demasiada convicción, a Estrellita, La Habana se convirtió en el cuartel central de nuestras divagaciones, y luego, de forma más natural, en el sitio donde recalábamos pasadas las once de la noche. Descubrimos que la calle Bucareli, en la cuadra que va de La Habana al Reloj Chino, poseía no sólo las virtudes de un santuario, cosa que intuíamos digna de tenerse en cuenta, sino que cubría con creces todas nuestras necesidades alimenticias: había un puesto de tortas en una esquina atendido por un exjugador del Atlante, en la otra esquina La Habana ofrecía los chilaquiles más sabrosos y económicos de la cuadra; en medio, una pizzería baratísima donde se comía de pie, que había montado un norteamericano casado con una mexicana al que todo el mundo llamaba Jerry Lewis pese a no tener el más mínimo parecido con el actor; cruzando la calle, un puesto de tacos y de quesadillas donde trabajaban dos hermanas muy morenas que nada más verme me decían qué hubo güero y yo les decía pero si no soy güero y ellas pero cómo no y yo terco con que no era güero y así hasta que llegaba José Arco y zanjaba la cuestión: claro que eres güero; ambulando por ambas aceras, un vendedor de elotes, elotes tiernos untados con mantequilla, o con mayonesa, o con crema, y espolvoreados de queso o chile, tuerto y marica, que recomendaba sabiamente el cine Bucareli como el sitio idóneo para comer su mercadería. El cine Bucareli era, sin duda, el rey de la cuadra, el rey benévolo y apenas vicioso, el anfitrión de los que no tenían donde dormir, la Disneylandia negra, la única iglesia a la que, por momentos, parecíamos predestinados.

Hasta que dimos con Estrellita.

José Arco me señaló una mesa. Allí estaba, sentada muy erguida, y junto a ella había dos muchachas. La de la izquierda es Teresa, dijo mi amigo con un deje de amargura. ¿Y la otra? Ah, ésa es Angélica Torrente, vámonos a otra parte. ¿Pero qué dices?, salté. ¡Allí está Estrellita, la hemos estado buscando como locos y ahora la vamos a dejar ir! ¡Ni hablar! José Arco no contestó. Mientras lo zarandeaba, con el rabillo del ojo observé a las tres mujeres a través de los cristales. Estrellita era muy vieja y su rostro alargado estaba lleno de arrugas. No se había sacado el abrigo. Bebía algo y de vez en cuando su cara, en donde se había instalado una sonrisa permanente, se giraba hacia una u otra de sus acompañantes. Éstas hablaban y se reían y parecían, tal vez por contraste, increíblemente jóvenes. Y listas, protegidas por la misma luz amarilla del café que caía sobre ellas como una cortina o como un domo; superlistas y superguapas, pensé.

Por fin, casi arrastrando a José Arco, entramos.

Estrellita apenas si percibió nuestra presencia en la mesa. Teresa y Angélica Torrente, en cambio, no parecieron alegrarse de tener que cambiar abruptamente de tema. José Arco, cohibido (¡mi amigo, lo constaté entonces y, ay, después, era tímido en grado sumo con las chicas que le gustaban!), me presentó de una manera que a las claras pedía perdón por la intromisión. Hola, dije yo. José Arco tosió y preguntó la hora. Antes de que saliera corriendo acerqué un par de sillas y nos sentamos.

—Así que tú eres Teresa —la mirada de José Arco más que fulminante era agónica—. El otro día dejamos la moto fuera de tu casa, ¿la viste?

—Sí —Teresa, otro descubrimiento, podía ser glacial pese a sus diecinueve o veinte años.

Angélica Torrente parecía más abierta y simpática:

—¿Y tú de dónde chingados sales? —dijo.

—¿Yo?... De Chile...

Las dos se rieron. Estrellita acentuó un poco más su sonrisa beatífica. Sonreí. Ja ja. Sí, vengo de Chile.

Angélica Torrente tenía diecisiete años y había ganado el premio Eloísa Ramírez para poetas jóvenes. (Eloísa Ramírez había muerto unos quince años atrás, antes de llegar a la mayoría de edad, dejando en el DF un montón de papeles y un par de padres desconsolados que en su memoria entregaban anualmente una cantidad nada despreciable al mejor poemario de autor menor de veinte o veintiún años o algo así.) La gracia, en Angélica Torrente, era más que nada eléctrica y un pelín ácida. Hablaba como si estuviera en la cresta de la ola y desde allí pudiera verlo todo, aunque no prestara demasiada atención por eso de la velocidad y las caídas. Era, por cierto, muy hermosa y en ocasiones incluso dolorosamente hermosa. Tenía una risa no sé si extraordinaria para su edad que era, a final de cuentas, cuando ya te había dejado plantado para siempre, el recuerdo más indeleble de ella; su firma, su marca de fuego, su arma. Se reía con ganas, abierta, feliz, y en la combinación del sonido y de sus gestos uno adivinaba sueños inquietantes, paranoias, ganas de vivir a todo

trapo aunque terminara rasguñada y llena de magu-
lladuras.

Teresa era distinta: no sólo parecía más seria sino
que lo era a cada rato. Poetisa también, a diferencia
de Angélica y de otras a las que muy pronto conoce-
ría, Teresa trabajaba de mecanógrafa y al mismo tiempo estudiaba segundo semestre de Medicina. No vivía
con sus padres. Empezaba a ser conocida en algunas
revistas —pocas, pero buenas— como poeta con la
que había que contar a la hora de hacer antologías de
poesía joven mexicana. Su relación con José Arco,
pese a las apariencias, era atípica del todo. Nunca
supe, ni lo pregunté, si se habían acostado alguna
vez. Puede que sí, puede que no. No creo que impor-
te mucho. Es sabido que Teresa llegó a odiar a José
Arco, presumo, por lo tanto, que acaso alguna vez lo
quiso. Por encima de todo hay algo que me la muestra de cuerpo entero: nunca prestó un libro y si tú
cometías la imprudencia de prestarle uno a ella —como el mil veces reincidente José Arco— podías apos-
tar lo que quisieras a que nunca más lo verías, como
no fuera en su propia estantería de libros, de madera
clara con vetas caoba y nudos, muy bonita, muy fina.

Estrellita, entre las dos jóvenes, era como un gra-
nito de arena en un platillo de café.

—Te hemos estado buscando, Estrellita —dijo
José Arco.

Estrellita suspiró. Luego dijo ah, mirando más
allá de la frente de mi amigo, y volvió a suspirar, y lo
integró todo en su sonrisa perenne.

—Te hemos estado buscando por lo de la Hoja
que me regalaste el otro día.

—Ah...

—¿Te acuerdas? La Hoja Cultural de Conasupo, la de los talleres de poesía, Estrellita...

—Ah, ah... —Estrellita examinó otro punto remoto y se acomodó dentro de su abrigo.

—¿Lo recuerdas? Una lista larga de talleres de poesía, talleres de poesía del DF.

—¿De qué hablas? —dijo Angélica.

—De una publicación rarísima, tal vez de un complot —dije yo.

—Sí, sí... —dijo Estrellita—. ¿Te gustó?

—Mucho.

—Ah, qué bien...

—Me gustaría saber de dónde la sacaste... Quién te la dio...

Estrellita sonrió. No tenía ni un solo diente.

—Ah, es una historia bonita y extraña...

—Cuéntala —dijeron José Arco y Teresa.

Pero la anciana permaneció impávida, los ojos de un verde clarísimo clavados en la superficie de la mesa. Esperamos. El ruido de La Habana, a esas horas en descenso, nos envolvió como el abrigo raído de Estrellita. Era grato. Angélica Torrente demostró entonces ser la más práctica de todos.

—¿Quieres otro café con leche?

—Sí...

Pocos sabían a ciencia cierta quién era Estrellita. Solía aparecer por los sitios más inesperados como una copia envejecida del Ángel de la Independencia o de la Libertad guiando al Pueblo. Nadie sabía dónde vivía —aunque se barajaban hipótesis—, ni siquiera si aquél era su nombre. A veces, si se lo preguntaban, respondía que se llamaba Carmen, otras veces Adela y otras Evita, pero también aseguraba que se llamaba Estrella, que no era, como pensaban algunos, el mote cariñoso que le había colgado un viejo español suicida, sino su verdadero nombre. En La Habana se daba por sentado que era poeta, aunque, que yo sepa, pocos o ninguno leyeron algo suyo. Según ella ya habían corrido ríos y ríos de tinta, mares, desde que publicara su último soneto. Tenía un hijo. Los viejos periodistas del lugar, que poco sabían de plástica, juraban que había sido un buen pintor. De hecho, la única fuente visible de ingresos de Estrellita era la venta, mesa por mesa, de una partida de reproducciones de dibujos de su hijo. De éste se decía que la heroína había acabado con su carrera pero que aún vivía, y aquí venía lo más triste, con su madre. Los dibujos eran alucinados, con un algo de Leonora Carrington, telarañas, lunas, mujeres barbudas, enanos; en suma, malos. En total serían unos veinte, es posible que menos, reproducidos a millares, porque lo cierto era que Estrellita los vendía y nunca se agotaban. ¿Quién había mandado a imprimir tantas copias? ¿El propio hijo? Por el papel hubiérase dicho que desde la fecha de impresión ya habían transcurrido más de quince años. Estrellita, por cierto, los consideraba una bendición y quizá lo eran: de su venta se mantenía ella y su hijo cuarentón, éste a base de panes dulces que su madre guardaba en los voluminosos bolsillos del abrigo, ella con cafés con leche, cafés con leche en vasos alargados y grandes, con una cuchara también alargada, para que tocara fondo sin mojarse los dedos, el manantial de la energía.

—No te quemes —dijo Angélica.

Estrellita sorbió, probándolo tal cual, luego le echó azúcar suficiente como para tres vasos.

—Ah, está rico —dijo.

—¿Te gusta muy dulce? —dijo Angélica.

—Sí...

—Estrellita, ¿vas a contarnos dónde conseguiste la Hoja?

—Sí, sí...

—¿Dónde?

—En un supermercado...

José Arco abrió los ojos y sonrió.

—Por supuesto —dijo—. Qué bruto soy.

—Entré a comprar un vestido de reina...

—...

—Y un yogurt...

—...

—Y me dieron esa hojita, gratis...

—Muchas gracias, Estrellita —dijo mi amigo.

—¿Tienen algo que hacer? —dijo Angélica Torrente media hora después, al tanto ya de todas nuestras, en su opinión, metidas de pata.

—No —dije yo.

—Hay una especie de fiesta en mi casa, ¿quieren venir?

—Con mucho gusto —dije yo.

Querido Fritz Leiber:

Creo que usted debe conocer esta historia. Como un amor a primera vista, pero sin amor, el Encuentro Real sucede; todos los órganos del cuerpo detectan y son detectados; radares orgánicos que se arrastran por las últimas calles de una ciudad latinoamericana, tomando copas y peseros, guiñando los ojos al vacío. En el otro extremo de la barra, el antropoide de pronto descubre que el extraño también está interesado por las figuras dibujadas en la pared. A partir de ese instante todo es, si cabe, más lento; se enlazan las escenas acuáticas de dos tipos que se encuentran en lugares insospechados; lavabos de cines de novena categoría, cantinas cautivas en 1940, hoyos funkies, la montaña rusa de Chapultepec, parques solitarios y oscuros. O bien, la única escena repetida: el primer y último encuentro entre el explorador terráqueo y el extraterrestre tuvo lugar en el patio interior de una pulquería. Al salir por donde no debía, el terrícola descubrió al alienígena vomitando en un rincón. Sin perder la calma levantó la cámara de video y grabó el cuadro. El alienígena sintió no el zumbido apenas perceptible de la cámara sino la presencia de algo que oscuramente perseguía desde hacía siglos. Al volverse, la luna desapareció detrás de las azoteas. La dueña del establecimiento dice haber escuchado gritos, chapoteos, insultos, *cantos*. Unos empáticos muy simpáticos, según sus propias palabras. Aquella noche, en el patio de tierra dura, encontró manchas de sangre. De allí surge la leyenda que dice que todos los años, a mediados de febrero, aún combaten en el cielo el turista y el nativo. La verdad, creo yo, es que ambos murieron entonces. ¿Habrá alguna universidad norteamericana dispuesta a financiar un equipo que busque las claves de este Misterio? ¿Alguna fundación privada, quizá? La historia es verídica y mucho me temo que profética. Es de mutuo interés, etcétera, etcétera, por nuestra mutua existencia, etcétera, etcétera.

Besos y gracias,
Jan Schrella

—Hablemos de su monumental y maravillosa obra, pero en serio.

—Mi obra, como usted la llama, comienza en el tercer piso de la Academia de la Papa o de la Patata, en la vieja Santa Bárbara, al lado de la cordillera de los Andes. Es la historia del hijo de Juan Gonzales, llamado Boris, alumno-ayudante de la Universidad Desconocida. Un muchacho común y corriente.

—Espere. Creo que algo está interfiriendo la entrevista. ¿No nota nada extraño?

—Deben ser los gritos de estos alcohólicos. Jamás hubiera creído que unos intelectuales y hombres de letras tan renombrados (Dios se cague en ellos) fueran capaces de armar tanto alboroto. Incluso los que se han quedado dormidos roncan como osos.

—Están celebrando su victoria, joven amigo.

—Observe al viejo aquel: le está mordiendo el culo a su señora.

—No es su señora. Olvídelo. Toda su vida ha abogado por la palabra justa y el silencio. La otredad. Ahora tiene miedo pero al mismo tiempo está feliz. El motivo de su felicidad es usted. Usted y sus magníficos versos.

—Tengo la impresión de que el único sobrio en esta bacanal de la República de las Letras soy yo. Usted, querida informadora, se ha pasado un pelín con el vodka. Es evidente que no estoy aquí por mis «magníficos» versos.

—En fin, volvamos a su obra. ¿Cómo sigue la niña? ¿Aún tiene fiebre?

—No. Ahora en el pueblo hay fiesta y la niña pasea por las calles con una corona de flores en el pelo. La gente se reúne en la plaza de Armas y luego comienzan a recorrer las calles del pueblo. Van cantando. No son muchos, ya le he dicho que el pueblo no es grande, y el canto que entonan no tiene letras: es una sucesión de aoo aoo iaa iaa que vagamente recuerda a las plañideras indígenas.

—En determinado momento pasan delante de la Academia de la Papa.

—Sí. El encargado los observa desde la ventana. La procesión continúa hasta el final de la calle Galvarino, dobla por la calle Valdivia y se pierde. En medio de la calle sólo permanece la niña y esta vez el encargado se da cuenta de su presencia. El cielo, por supuesto, se oscurece de golpe.

—¿La niña piensa que ésa es la casa de las brujas?

—No. Es muy pequeña para eso. Por el contrario, vacila un instante y entra a la Academia. Desde la ventana el encargado ve su sombra que se escabulle por el patio y luego escucha sus pasitos en la escalera. El espíritu del viejo se esponja. Ah, piensa, ah ah ah. La novia. La prometida. Los ojos que pudieron ver a Boris con amor. La inmaculada que sube la escalera creyendo que nadie la ve. Luego, por supuesto, vuelve a sus cables y cintas. Tiene tiempo, aún no es hora de emitir el programa de radio. La cuenta de luz del granero de Galvarino, 800 es la más elevada de Santa Bárbara. Posiblemente algún día caerán sobre él por ese detalle, creo que ya Dan Mitrione, en su época, enseñaba a la poli cómo cazar izquierdistas leyendo el contador de electricidad. Todas las casas que gastan demasiada o muy poca luz, todas las casas que gastan demasiada o muy poca agua son sospechosas. La gente, por otra parte, ha regresado a la plaza después de haber recorrido en círculo el pueblo y desde allí comienzan a dispersarse. El silencio una vez más envuelve las calles. Un silencio que el encargado agradece: él puede soportar las intromisiones y a las niñas curiosas, pero no el jolgorio y la jarana, que lo hacen sufrir pues le recuerdan su triste vida dedicada al trabajo. Pero no exageremos. El encargado, a su manera, también se embriaga y baila. Sus días festivos son promesas futuras. No conoce el aburrimiento. La receta del pastel de papa picante le pertenece en exclusiva. Nada desdeñable, ¿no cree?

—Su vida, me refiero a la suya, joven amigo, debe ser bastante... triste.

—En efecto: he gastado mi adolescencia en cines malsanos y bibliotecas infectas. Para colmo, mis amigas siempre me han dejado.

—Ahora todo puede cambiar. Ante usted se abre un porvenir brillante.

—¿Lo dice por el premio?

—Por todo lo que conlleva el premio.

—Ay, querida e ingenua informadora. Primero confunde esta sala hundida en medio de quién sabe qué clase de bosque con un palacio de cristal en lo alto de una colina. Después es capaz de vaticinar días luminosos para el arte. Aún no se ha dado cuenta que esto es una ratonera. ¿Quién demonios cree que soy yo? ¿Sid Vicious?

Los incidentes que ocurrieron en casa de Angélica Torrente quedan, al recordarlos, en un segundo plano, paisaje previo al timbrazo en la puerta, alguien llama y todos están encerrados en la habitación de Lola Torrente y voy yo, ya voy, y la puerta.

Pero hay cosas que todavía recuerdo vivamente, miradas, discos (quiero decir la imagen negro brillante de los objetos discos, no la música) y, sobre todas las cosas, Lola Torrente, dos años mayor que Angélica, infinitamente más morena, de huesos más fuertes y nada flaca, cuya sonrisa sigue siendo para mí la sonrisa terminal de ese otro México que a veces aparecía entre los pliegues de cualquier amanecida, mitad ganas rabiosas de vivir, mitad piedra de sacrificios. No sería aventurado afirmar que desde hacía una hora yo estaba enamorado de Angélica. Tampoco, decir que a eso de las doce de la noche, aproximadamente, mi amor se fue extinguiendo hasta morir del todo, entre vasos de alcohol y cigarrillos y no me toquen a Mallarmé, bueyes, que me lo chingan. Es posible que en esa rápida ascensión y caída de un gran amor platónico algo tuviera que ver Lola Torrente. No quiero decir que, en el colmo de la veleidad, durante el transcurso de la fiesta hiciera un trasvase de mi afecto de una a otra hermana, sino que, primero (seamos honestos), Angélica no me dio ni pelota y, segundo, que al ser allí el único que no conocía a todos, mi papel se constriñó más a la observación (aunque, por desgracia, también abrí la boca) y fue así que en un determinado momento descubrí que entre ambas hermanas había una estructura de espejos, espejos que las distorsionaban y las reenviaban como mensajes y así a veces una recibía una figura quieta e inofensiva y la otra, una bolita de cristal debajo de la cama, aunque la mayor parte del tiempo lo que se enviaban eran rayos láseres demoledores. La estrella de la fiesta y de todo era Angélica. La sombra poderosa era Lola. Y fue esto y la certidumbre con que Angélica manejaba la situación (pero sobre todo, ya lo he dicho, su manifiesta indiferencia hacia mí) lo que me puso fuera de escena, condenado a los placeres del observador. Por lo demás, a Angélica pretendientes no le faltaban; tampoco, debo decirlo, a Lola, aunque la fuerza de los suyos (en realidad, uno solo, pero bastante simpático) apenas pueda compararse a las promesas hechas carne que cortejaban a su hermana. La cuestión, según Pepe Colina, un nicaragüense bragado en Horacio y Virgilio, era que Angélica era virgen y Lola no, y que esto lo sabían por lo menos cien o doscientas personas. Primero lo fulminé con la mirada, hay cosas que simplemente son de mal gusto, luego le pregunté cómo podían estar al tanto de un detalle tan íntimo doscientas personas. Por gente como yo, claro, respondió el nica. Supuse, no sin ruborizarme, que Pepe Colina se había acostado con Lola Torrente. Pareja extraordinaria, pensé, en la tradición del macho bajito y corto de vista y la mujer fuerte e independiente. Encendí un Delicado aparentando indiferencia. Sentí que estaba teniendo una erección. Me retiré al baño y terminé de fumarme el cigarrillo. En un determinado momento me miré en el espejo y me puse a reír muy bajito. Al salir casi tropecé con Lola Torrente. Estaba algo borracha. Sus ojos eran oscuros y brillantes. Me susurró, sonriendo, algo ininteligible y cerró la puerta. Supe que nuestra amistad se había sellado.

Volví a la sala dando saltos —literalmente— de contento. ¿Qué hacía mientras tanto José Arco? Rodeado por los más tímidos, por los menos agraciados y por los peores bailarines, mi amigo contaba historias: la nueva poesía peruana, el grupo Hora Zero, la navaja de plata de Martín Adán, Oquendo de Amat, entonces desconocidos entre los jóvenes poetas mexicanos, y también otras historias —las historias verídicas y espeluznantes como la vida misma— en las cuales su Honda subía por las carreteras y pistas del oeste de México hasta alcanzar el punto águila de la dureza, lo que Baldomero Lillo llamaba el centro exacto de la papa caliente, para luego lanzarse a ciento veinte o ciento treinta kilómetros por hora a recorrer los vericuetos del relato.

El cuento de aquella noche vino a colación de una ausencia prolongada del DF o algo así, qué importa. Sus líneas maestras muestran a José Arco llegando a una playa solitaria en donde encuentra un perro. Ni pescadores, ni casas, ni nada, allí sólo está la moto, José Arco y el perro. El resto es el paraíso y en la arena mi amigo escribe mi mamá me mima y las palabras primordiales. Se alimenta de latas de leche evaporada y de atún. El perro siempre lo acompaña. Una tarde aparece un barco. José Arco sube al acantilado con la moto (en el relato, la Honda negra irá a donde tú desees si tu corazón es puro) y con el perro. Desde el barco lo ven y lo saludan. José Arco responde a los saludos. Somos de Greenpeace le gritan los del barco. Ay, musita José Arco. ¿Qué haces aquí, de dónde eres, quién eres, cómo has metido esa moto allí, hay alguna carretera?, las preguntas de los del barco quedan sin respuestas. El capitán le dice que va a bajar. José Arco y el capitán se encuentran en la playa. Al ir a estrechar sus manos el perro ataca al marino ecologista. Rápida, la dotación que ha bajado defiende a su capitán, primero a patadas con el perro, luego a patadas con José Arco. Cinco contra uno y un perro. Después lo curan, les ponen mertiolate a él y al perro, le piden disculpas, le aconsejan que mantenga al quiltro atado. Antes de que anochezca los marinos vuelven al barco y se marchan. José Arco, maltrecho, los ve alejarse tirado bajo una palmera, con el perro a sus pies y la moto a cinco pasos. El capitán y los chicos y las chicas lo saludan desde el horizonte. El perro se queja, mi amigo también, pero entonces, cuando el barco empieza a desaparecer de su campo de visión, salta sobre la moto y a todo mecate sube hasta lo más alto del acantilado. Desde allí, el perro llega un poco cojo detrás de él, aún puede ver el barco que se aleja.

Teresa: —Yo antes muerta que creerme eso.

Angélica: —¿Qué hiciste después?

Pepe Colina (encendiendo un cigarro de marihuana que luego pasa a Angélica): —Hermano, el único marino ecologista decente que ha sido y será es el capitán Ahab, un verdadero incomprendido.

Regina Castro (poetisa de treinta años, inédita, proveedora de pastillas anticonceptivas a sus colegas más jóvenes, autora mediocre pero digna): —Dime ¿qué pasó después con el perro?

Lola: —¿Y qué es Greenpeace? Je je...

Héctor Gómez (enamorado de Lola Torrente, veintisiete años, asiduo de La Habana, profesor de escuela primaria): —Un movimiento pacifista, Lola... Me cuesta creer lo que nos cuentas, Pepe, te soy franco.

José Arco: —No me digas Pepe.

Teresa (sonriendo a Héctor Gómez, que le sirve otra copa de vodka): —Pero si es mentira de cabo a rabo, a José no le gusta la playa, es incapaz de estar tres días seguidos en un lugar sin gente.

José Arco: —Pues estuve.

Dos estudiantes de Filosofía: —Le creemos, poeta.

Regina Castro: —¿Y el perro qué? ¿Te lo trajiste?

José Arco: —No, se quedó allí.

Pepe Colina: —O Jonás, si es que podemos llamarle marino. Ecologista, seguro, como todos los de aquellos días, pero marino...

Angélica: —¿No te siguió? Es extraño.

Antonio Mendoza (bardo del proletariado, veinte años, corrector de una oficina pública): —Es que José no tiene sitio donde meter otro perro.

Angélica (mirando a Antonio con ternura): —¿Qué?

Antonio Mendoza: —Que no hay sitio en casa para otro perro.

Lola: —No sabía que ya tuvieran uno.

Angélica: —¿Quién es el perro, Antonio?

Antonio Mendoza: —Yo. A veces.

José Arco: —Qué pendejada estás diciendo, Antonio.

Antonio Mendoza: —Y a veces él.

Pepe Colina: —Mmm, completamente beodo. (Se ríe.) Son unos niños. A menos que te esté albureando, tocayo, pero un albur tan siniestro (además de torpe) no presagia nada bueno.

Héctor Gómez (a Lola): —Qué te parece si salimos a tomar un poco el aire.

Pepe Colina (cuando Héctor y Lola se han marchado): —Todos deberíamos ir a tomar el aire...

Antonio Mendoza (de pronto, relajado): —Ésos se fueron a coger al jardín...

Teresa: —Qué lengua más larga tienes, imbécil.

Antonio Mendoza: —¿Estás celosa?

Teresa: —¿Yo? Tú estás pedo...

Dos estudiantes de Filosofía: —Todavía no se han abierto nuestras botellas... Alegría, alegría...

Angélica: —¡Aquí no se bebe más!

Antonio Mendoza (poniéndole una mano en la cintura): —Oye, Angélica...

Angélica: —¡Y con mi hermana no te metas!

Antonio Mendoza: —Pero si no...

Regina Castro (autoritaria y sin levantar la voz): —Cállate de una vez y siéntate. Yo quería leerles un poema, pero tal como están...

Teresa: —Ay, sí, léelo.

Pepe Colina: —Maestrísima, soy todo oídos.

Dos estudiantes de Filosofía (sirviendo copas a los presentes): —Esperen a que estemos todos preparados.

Estrellita (cuya cabeza surge por la puerta de la cocina): —Ah, un recital, qué rico...

No pude soportarlo y salí al balcón sin que nadie me viera. El poema amenazaba con ser de una extensión inusitada, la infancia y la adolescencia de Regina Castro en San Luis Potosí, los familiares, las muñecas, la escuela de monjas, el recreo, el abuelo carrancista, la mecedora, los vestidos, los baúles, el sótano, los labios de Regina y de su hermana mayor, los tacones, los versos de López Velarde. Por el contrario, afuera la noche era clara y las luces encendidas de otros departamentos insinuaban reuniones a diez metros de nuestras cabezas, pláticas reposadas cinco metros por debajo de nuestros pies, acaso un par de viejos escuchando discos de música clásica a quince metros en línea recta de nuestras costillas. Me sentí feliz, supuse que no era muy tarde pero incluso si todas las luces se apagaban y sólo quedaba yo y la lumbre de mi cigarrillo suspendidos en ese balcón maravilloso, aquella especie de belleza o de terrible serenidad transitoria no iba a esfumarse. La luna parecía crujir por encima de la realidad. A mis espaldas, a través de la mole del edificio, escuché los murmullos del tráfico. A veces, si me quedaba quieto y no movía ni siquiera el cigarrillo en el aire, podía oír el clic del cambio de luces y después otro clic, o más exacto: un riggg y los largos coches seguían descendiendo por la avenida Universidad. Tres pisos abajo, el patio de gravilla y el jardín del edificio estaban conectados por caminitos de tierra negra que bordeaban árboles grandes y macizos de flores. Desde el balcón el jardín parecía una B mayúscula caída, así ಐ.

En el interior, en uno de los semicírculos, había una placita oblicua como ojo de chino con tres bancas, dos columpios, un balancín, presididos por una piedra considerable, probablemente una escultura. Detrás, sinuosa, serpenteaba una línea negra, tal vez una zanja, y medio metro después se alzaba la barda que separaba aquel conjunto habitacional de otro. Allí, en una suerte de recodo protegido por arbustos y con la barda detrás, oculto a los viandantes pero visible desde el sitio exacto del balcón donde me encontraba, Lola Torrente, como si me hubiera estado esperando, se llevó a la boca la verga de Héctor Gómez y comenzó a chuparla.

Pero, bueno, aquélla no era una chupada normal: santuario iluminado de improviso, pronto sólo existieron las manos de Lola, una alrededor del pene, la otra metida entre las piernas de Héctor, y los dedos de Héctor hundidos en la cabeza de ella —su hermosa y fuerte cabeza de pelo negro— y la boca y los hombros y las rodillas de Lola sobre un pasto negro o algo como tierra negra o sombra y las sonrisas que no eran sonrisas y que de tanto en tanto se dirigían, comedidísimos.

Aquello, sin duda, era el teatro balinés secreto.

Sólo al volver a la sala sentí un único escalofrío. No había nadie.

Creo que bebí algo y me senté. Cogí un libro de la mesa. De una de las habitaciones llegaban voces, al parecer se había entablado una discusión. Luego oí risas; nada grave. Cerré los ojos: ruidos apenas audibles en el canal de los fantasmas. Recordé lo que Jan contaba de Boris. Nunca le había creído. Es verdad, decía Jan. Te vas a volver loco, decía yo. No, no, no, no. Jungla, allí afuera está la jungla, pensé. Boris tenía ¿qué edad?, ¿quince o algo así? No, no, no. Me levanté y fui a la cocina.

Los refrigeradores llenos de comida siempre consiguen asombrarme.

Regresé a la sala con un vaso de leche y me senté. La bebí a sorbitos. Debía parecer ridículo, allí, con las piernas cruzadas y los ojos llorosos. ¿Pero por qué? La voz de Jan sonó monótona en el fondo del teatro balinés. Te lo he dicho mil veces, Remo, y aún no lo entiendes. Figuras premonitorias de un ajedrez incomprensible. Sólo percibo, dije, la silueta de un adolescente... bailando en una habitación. Debe sentirse feliz. Un adolescente de ¿trece años? bailando en su dormitorio. Ahora se gira y puedo distinguir sus facciones, las facciones ¿de Boris?; y luego la habitación queda en penumbras, han cortado la luz en todo el barrio y *sólo* escucho el ruido de su respiración, el sonido de su cuerpo bailando en silencio. Dejé el vaso en una mesa camilla. La pierna que tenía apoyada sobre la rodilla empezó a saltar como si el Doctor Invisible estuviera chequeando mis reflejos con su martillito de acero. Detente, dije, quietud total, vamos, Rinti, detente, je je, buen chico.

Entonces ocurrió aquel famoso timbrazo, ding-dong, ringggg, twititing, juro que no recuerdo la tonada, ikkkkk, zimmmmm, lililinnnnn, y me levanté de un brinco porque adiviné o intuí, rongggdronggg, que de allí a la felicidad total, ping ping ping, rishhhhh, sólo había uno o dos o tres millones de pasos, caminata que inicié recorriendo los metros que me separaban de la puerta, pit pit pit, la cual abrí. Era una muchacha de pelo castaño. Detrás de ella: un muchacho muy antipático —y muy feo— con el pelo del mismo color.

Querida Ursula K. Le Guin:

¿Qué podremos hacer los crichis cuando nos llegue la hora? ¿Es nuestra aplastante mayoría nuestra arma? ¿Será la identificación del agresor con una víbora nuestra arma? ¿Es nuestra capacidad para traducir la palabra muerte nuestra arma? ¿Es nuestra Fe Ciega Sorda Muda en sobrevivir nuestra arma? ¿Será la audacia nuestra arma? ¿Nuestros arcos y flechas que suben hacia los helicópteros como un sueño o como los fragmentos dispersos de un sueño son nuestra arma? ¿La implacabilidad es nuestra arma? ¿Los Dorados que cabalgan borrachos y sin cesar de disparar hacia la columna de tanques son nuestra arma? ¿Un viejo disco de Agustín Lara en el borde exacto de la nada? ¿Los platillos voladores que aterrizan en los Andes y despegan de los Andes? ¿Nuestra identidad crichi? ¿El arte de la comunicación veloz? ¿El arte del camuflaje? ¿Las fijaciones anales explosivas? ¿La fiereza pura? ¿Qué se nos dará y qué debemos tomar para resistir y vencer? ¿Dejar de mirar la luna para siempre jamás? ¿Aprender una y otra vez a detener los tanques de Guderian en las puertas de Moscú? ¿A quién deberemos besar para que despierte y deshaga el hechizo? ¿A la Locura o a la Belleza? ¿A la Locura y a la Belleza?

Mil besos,
Jan Schrella

—Ah, la noche invita a soñar, ¿no cree? Cuántos jóvenes tendrán sus ventanas abiertas... Qué agradable sería no estar trabajando, no tener que cumplir una obligación...

—Si quiere la acompaño a la terraza. No nos vendría mal un poco de aire fresco.

—No. Sigamos. Pero procure hablar en serio. Lo digo por su bien, por su futuro artístico. Todo lo que dice está siendo grabado.

—¿En dónde estábamos?

—Ni idea.

—Volvamos, entonces, a la noche en que Boris Lejeune vigila los movimientos enemigos junto al campo de patatas.

—Un muchacho amable... y soñador.

—Sí, suele hablar solo.

—Como tantos de nosotros. Tengo una compañera en la sección de crónicas de sociedad que no para de hablar sola. Creo que la gente piensa que está loca, es probable que pierda el empleo. Todo el día se la pasa murmurando. A veces recita de corrido los nombres de los modistas más célebres. Para ella misma o para su interlocutor invisible...

—Boris Lejeune dice atención, atención...

—¿Escucha su propia voz o ni siquiera es consciente de que sus labios se abren y modulan frases sueltas?

—Aquí Boris Lejeune, atención, atención, de nada sirvieron los tanques R35, H35, H39, FCM36, D2, B1, FT17, S35, AMR, AMC... Hablar solos es una costumbre en nuestros países... La Guerra Civil es imparable, dice Lejeune, solo... Es como recitar... Recado especial para mis amigos perdidos: Vaché y Nizan por fin pueden formar junto a Daudet y Maurras... Dios no existe... La raza humana es execrable... Mierda pico concha... Etcétera... Las luces, al otro lado del patatal, parpadean como seres de otro planeta.

—Tengo frío. Este rincón está helado. ¿Y luego?

—Luego, para abreviar, todo va más rápido. La niña pasea por las afueras de Santa Bárbara. El encargado sale a dar una vuelta en bicicleta. Los aparatos de la Academia siguen funcionando, imperturbables, día y noche, recogiendo groserías y pataleos. Las imágenes comienzan a ordenarse y cada una es susceptible de ser numerada siguiendo el mapa que trazara con pulso firme e imaginación alada el doctor Huachofeo en su *Historia paradójica de Latinoamérica*. Cuadro n.º 1: Un prisionero sale de una cárcel de París rumbo a un campo de concentración alemán. En un anexo de la estación, antes de embarcarlo, le preguntan por puro trámite su nombre. Me cago en tus muertos, contesta el prisionero. En español. ¿Cómo?, dice el soldado alemán o el gendarme francés. Boris Gutiérrez, dice el prisionero. Cuadro n.º 2: Un Spitfire cae en las afueras de Southampton. Desde tierra lo observa el personal de la base. ¿Por qué no salta? ¿Quién conduce ese avión? Intentan conectar por radio pero nadie responde. La colisión es inminente, el avión cae en picado. El operador de radio insiste: salte, salte, salte, ¿hay alguien en ese caza? De pronto una voz lejanísima responde: aquí Boris McManus, me estrello... Cuadro n.º 3: Una partida de guerrilleros se retira por una zona cercana a Uzice. Con las primeras horas del día encuentran a un compañero herido en ambas piernas junto a un muchacho muerto. El herido les explica que el desconocido lo llevó hasta allí. Los guerrilleros observan el cadáver. Tiene varias heridas en el pecho y la cabeza. Es imposible que él te trajera, dice el jefe, por lo menos lleva veinticuatro horas muerto. ¡Juro que anoche él me sacó de la línea de fuego y me trajo! Me desmayé varias veces. Me dolía mucho. Hablamos. Él me contó historias para entretenerme. Me dijo que le gustaban los caballos. Y que... Los guerrilleros tienen que reconocer que por sus propias fuerzas el herido jamás hubiera podido llegar hasta allí. En un bolsillo del muerto encuentran un papel: Boris Voilinovic, estudiante de la Escuela de Artes Mecánicas y Vuelos de Sarajevo. Dependiente de la Universidad Desconocida.

Jan abrió los ojos alarmado, como preguntándome qué diablos ocurría. Sonriendo y con un tono que trató de parecer sereno le expliqué que eran unos amigos. Eso es evidente, dijo, mientras los otros comenzaron a entrar en la habitación de uno en uno, ya sin tiempo para vestirse o para guardar sus papeles desparramados, recortes de periódicos, libros de ciencia-ficción, mapas y diccionarios que conformaban una especie de biblioteca-basurero que crecía alrededor de su colchón. Éste es mi amigo Jan, murmuré. Sólo me escucharon Angélica y Estrellita. Jan, cuando el último hubo entrado, se levantó de un salto, con su flaco culo al aire y las bolas colgando doradas, y con dos o tres movimientos velocísimos, de espaldas al grupo, metió sus papeles debajo del colchón y volvió a acostarse; luego se alisó el pelo y contempló a los recién llegados con frialdad. Creo que nunca habíamos tenido tanta gente en nuestro cuarto.

—Jan —dije—, ésta es Angélica, ésta es Lola, su hermana, éste es Colina, éste es Antonio, ésta es la señora Estrellita, de la que habíamos hablado...

—Sólo Estrellita —dijo Estrellita.

—Encantado —dijo Jan.

—Éste es Héctor, éste es César y... Laura.

—Ajajá —dijo Jan.

Enrojecí.

—Éste es Jan, mi amigo y camarada.

—Hola —sonrisas.

—Buenas noches —dijo Jan con una voz que nada tenía de amigable.

—Qué joven más hermoso —dijo Estrellita—. Y tiene las bolitas del color del oro.

Jan soltó una carcajada.

—Es verdad —dije yo.

—Eso quiere decir que está destinado a grandes cosas. Las bolitas doradas señalan a muchachos capaces de... hazañas enormes.

—En realidad, no son precisamente doradas —dijo Jan.

—Cállate. Ella te las vio doradas y yo también. Eso es lo que importa.

—Y yo —dijo Angélica.

—¿Y cuál es la marca de las mujeres, Estrellita? —dijo Lola.

—¿Un vaso de vino?

—¿Dónde están los vasos?

—Eso es más complicado, tesorito —Estrellita se sentó debajo de la ventana, en el suelo, sin quitarse el abrigo—. La sonrisa, la risa. Aunque Eunice decía que estaba en la mirada, yo creo que... la señal es la risa.

—Pero vamos a ver, los morenos, la raza de bronce en su totalidad carecería de destinados, para no mencionar a los negros.

—Sólo hay cinco vasos y dos sillas. Vamos a tener que compartir los vasos.

—Tú qué sabes de testículos... ¿Cuántos huevos has visto en tu vida?

—Pocos, es verdad —reconoció Colina—. Unos quince.

—Hay muchos estigmas, Colinita —dijo Estrellita—. En los morenos es la estela que dejan, la memoria y el vértigo...

—Qué locuaz está Estrellita esta noche.

—Debe ser efecto de haber subido más de cinco pisos sin elevador.

—Siéntense en el suelo.

—Ella está acostumbrada a subir y a trasnochar.

—¿Y sólo tiene este cuarto la casita? —dijo César.

—La casita es así, pequeñita.

—¿Qué es lo que has escondido debajo del colchón?

—¡Nada!

—Vamos a tener que compartir este vaso tú y yo —Angélica se sentó junto a Jan, en el borde del colchón.

—Sí —dijo Jan.

—¿Es verdad que nunca sales?

—¿Quién te lo ha dicho?

—Tu hermanito Remo y José Arco.

—Te engañaron. Salgo todos los días. Me encanta caminar por Insurgentes. Arriba y abajo, arriba y abajo, como un soldado de la Wehrmacht.

—¿Como qué?

—Como un soldado de la Wehrmacht —dijo Jan—. ¿Te has fijado en el color de este edificio?

—No, es de noche —sonrió Angélica. Parecía mucho más atractiva que en La Habana o en su casa.

—Es gris verdoso. Como el uniforme de campaña del ejército nazi.

—¿Y cómo lo sabes?

—Lo he visto en libros. Fotos del uniforme. Exactamente del mismo color que la fachada de este edificio.

—Qué siniestro —dijo Angélica.

—Tú has ganado un premio de poesía, ¿no?

—Sí. ¿Quién te lo dijo? ¿Remo o José Arco?

—Nadie. Lo leí.

Se observaron durante un instante, sin sonreír, como dos pirañitas nadando en una cámara de vacío absoluto. Luego Jan dijo:

—Me gustaría leer algo tuyo.

Mientras tanto yo miraba a Laura, sentada frente a mí en el otro extremo del cuarto, junto a Lola Torrente, con quien conversaba en voz baja. De vez en cuando nuestras miradas se cruzaban y nos sonreíamos, aunque no al principio, siglos más tarde, cuando estábamos comiendo las tortas que José Arco había ido a comprar a donde sólo él sabía, y tal vez entonces ni siquiera nos sonriéramos por simpatía mutua, al menos abiertamente, sino porque poco a poco fue creciendo en las reducidas dimensiones de la habitación la energía que transparentaban Jan y Angélica, inmóviles como estatuas, ruborizados como novios malayos, y los demás por fotosíntesis o porque así éramos entonces o porque en aquel lugar y aquella noche no nos fue dado comportarnos de otra manera, ¡juro que no lo sé!, comenzamos a sonreírnos, a ser cada vez más novios malayos los unos con los otros, a comer y beber sin prisa y sin pausa, a la espera de que alguien enchufara el amanecer en la ventana debajo de la cual dormía Estrellita.

Sumergida en una taza de aceite quedaba la llegada de los padres de las hermanas Torrente, la desbandada media hora después, mi propuesta de proseguir la fiesta —lo que fuera— en la azotea, la marcha por un DF nocturno en taxis que trazaban figuras geométricas y canciones rancheras en las radios, ¡la precisión de la madrugada mexicana!, y los rostros, imaginados o entrevistos a través de los cristales de otros coches, que entraban de prisa en el túnel, con decisión de actores o comandos, para surgir por el otro extremo dispuestos para el cariño, maquillados de manera exquisita. Sólo eran reales (quiero decir, soberanamente reales) las sonrisas de Laura en el otro lado de la habitación, sonrisa de meteorito, media sonrisa menguante, sonrisa insinuada, sonrisa de colega y de humo, sonrisa de navaja en una armería, sonrisa pensativa y sonrisa que se encontraba con la mía, ahora sí, sin pretextos: sonrisas buscadas, sonrisas que buscaban.

Sin embargo no imagine el paciente lector que aquello era una sucesión de muecas. Dios me libre de una muchacha que en tan breve plazo fuera capaz de sonreír de tan diversas formas. No. Todas las sonrisas cabían en una. Y el ojo del enamorado es como el ojo de la mosca, de tal manera que es posible que haya incluido en los labios y en los dientes de Laura sonrisas ajenas.

Pero incluso esto último ¿qué importancia tenía? ¿Acaso, paulatinamente, Laura no se fue convirtiendo en todos y en todo? Como la madre impoluta y condenada, como la princesa azteca impoluta y condenada, como la vagabunda del Tepeyac impoluta y condenada, como la Llorona impoluta y condenada, como el fantasma de María Félix...

Me levanté de un salto. Me sentía un poco mareado.

Anuncié que iba a bajar al café chino que había a dos cuadras del edificio a comprar panecillos dulces. Pedí un voluntario que me acompañara. Casi de inmediato pensé que José Arco era capaz de ofrecerse y ya iba a rectificar cuando Laura dijo voy contigo, no me tardo.

¿A quién le dijo no me tardo? ¿A César?

Mientras contaba el dinero que me pasaban no dejaba de temblar y cantar para mis adentros.

—Es una casa de muñecas, me gustaría tener un lugar así —dijo cuando salimos.

Las nubes, vistas desde la azotea, parecían chupar la electricidad de la ciudad; incluso una deslizaba una especie de bracito que casi rozaba los edificios más altos.

—Va a llover —dijo Laura.

Su rostro, iluminado por la bombilla que colgaba encima de la puerta de nuestro cuarto, pareció por un instante volverse transparente, cara de plata durante una fracción de segundo en donde sólo siguieron vivos, terrenales, sus ojos castaños.

—¿Sabes qué nombre te pondría? —dije cuando bajábamos las escaleras.

—¿A mí? —se rio al pasar por la puerta del señor Ruvalcava.

—Sí, sí.

—¿Y por qué has pensado ponerme otro nombre? ¿No te gusta el que tengo? —preguntó en el zaguán, mientras yo abría la puerta.

—Me gusta mucho tu nombre. Fue allá arriba, de repente se me ocurrió. Pero no importa. Lo borro.

—Ahora me lo tienes que decir.

—No, ya está borrado.

—¿Qué nombre?

—Júrame que no te vas a enojar.

—Depende. Dilo.

—Oye, de verdad, no te enojes nunca conmigo. Me harías sufrir mucho —me reí como un conejo pero lo sentía con el corazón.

—¿Qué nombre? Yo no prometo nada.

—La Princesa Azteca.

Laura se carcajeó con ganas. En realidad, había quedado como un estúpido y también me reí. Por Dios qué huevón soy, dije. Sí, sí, dijo Laura. Dejamos Insurgentes. Tal como creía, el café chino seguía abierto.

(Algunos días más tarde le conté a José Arco este incidente. Qué casualidad, dijo, hay una moto, una Benelli, que se llama la Princesa Azteca. Es una moto color marrón, grande, no muy maltratada, y en el tanque lleva escrito el nombre con letras plateadas. Si quieres podemos ir a verla. Para qué, dije. Es una moto robada, te la dejarían barata. No, dije, olvídalo, no sé conducir, no me interesa. El chavo es poeta, dijo José Arco. Se llama Mofles. Te gustaría conocerlo. Pero si apenas tengo dinero para comer, dije, ni siquiera tengo permiso para conducir, además no me gusta, detesto esos cacharros de mierda. Bueno, bueno, dijo José Arco.)

—A veces —le dije a Laura— permanece toda la noche abierto, otras veces cierra a las seis de la tarde, de forma imprevisible. No tiene horario.

—Bonito lugar, aunque un poco destartalado.

—Se llama La Flor de Irapuato. Creo que al propietario no le interesan las cosas externas.

—¿Por qué no La Flor de Pekín o de Shanghái?

—Porque el dueño nació en Irapuato. Sólo sus honorables abuelos nacieron en China, ponle Cantón, pero igual me equivoco.

—¿Él te lo contó?

—Emilio Wong, propietario, cocinero y único mesero. Si quieres nos tomamos un café con leche antes de volver. Puedes preguntarle por qué tiene el horario dislocado.

—¿Por qué tienes ese horario tan raro? Me lo ha dicho Remo; es la primera vez que vengo.

—En realidad no es raro —dijo Emilio Wong—, es flexible y a veces imprevisto, pero no raro.

—Tiene muy buenos bisquets —dije yo.

—Remo me ha contado que a veces no cierras hasta que amanece.

—Ji ji, deben ser las noches que tengo insomnio.

—Lo que no te he contado es que cuando Emilio tiene insomnio escribe poemas. Por favor, no le pidas que nos lea uno. Piensa vender el negocio dentro de unos años y marcharse a Brasil.

—En camioneta —dijo Emilio.

—¿Por qué no quieres que nos lea un poema?

—¿No lo has adivinado? Es seguidor de los hermanitos Campos.

—¿Y ésos quiénes son? —el rostro de Laura brillaba en medio de las flojas luces de color arena que colgaban por encima de la barra. Emilio Wong, al otro lado, arrugó la frente, comprensivo. Pensé que ya estaba enamorado para el resto de mi vida. Quise decírselo a Laura pero Emilio y ella se rieron. El chino explicó algo sobre escribir un diario de viaje concreto, visual, o tal vez fue Laura quien lo preguntó, antes de volverse hacia mí y confesar que a ella también le gustaría, ¿Brasil?, ¿viajar en camioneta?, ¿ser la dueña de un café chino? A mí me gustaría tener un café como éste, dije. El rostro de Laura se encendía y se apagaba. No eran las luces; a veces tenía el pelo rubio y otras veces castaño, y a veces me miraba como muy tranquila aunque en la luna del mostrador sus ojos parecían flechas en cámara lenta, pero flechas muy lejanas y muy tristes y yo me preguntaba por qué veía de tal manera sus lindos ojos oscuros mientras en la barra las genealogías iban y venían, los Wong de Cantón, los Wong de San Francisco y de Los Ángeles, los Wong de Tijuana y los que cruzaron la frontera hacia el sur, cosa poco frecuente en un matrimonio chino establecido en California, hasta arribar tras una estela de negocios malbaratados a Irapuato y morir. Y Laura en medio, compadeciéndose, maravillándose, asintiendo cuando Emilio decía que sus abuelos tendrían buenas razones para dejar San Francisco, la mafia de los cocineros y de los lavanderos no perdona, imagínate qué cosa más horrible que morir entre vapores de cocina y lavandería, neblina peor que la del Londres de Jack el Destripador, encantada con las recetas de cerdo y serpiente frita y de fresas al horno, asegurándole que tenía una bonita cafetería, muy *original,* y que volvería otro día, no lo dudes, rogándole que no la vendiera o que se la alquilara a ella cuando por fin estuviera listo para marchar a Brasil.

—Los hermanitos Campos... Era una broma estúpida. Perdona.

—No importa —dijo Laura—. Estás perdonado.

Nos terminamos de beber los cafés con leche. Emilio había envuelto los panes dulces con papel de estraza.

—Bueno, nos vamos.

—Me da no sé qué dejar a Emilio aquí solo —dije.

—Pues que se venga con nosotros.

—Oh, no, yo estoy acostumbrado, qué tontería —dijo Emilio.

Cuando salimos Laura parecía distinta. Todo el entusiasmo anterior se había esfumado. Caminamos de vuelta sin decir una palabra. Estábamos subiendo las escaleras cuando dijo:

—Te quiero advertir algo, Remo, soy una persona mala.

Lo dijo en voz baja, casi inaudible. En la oscuridad de la escalera me dio la impresión de que sonreía.

—No lo creo.

Laura se detuvo.

—Es verdad, soy muy mala, sufro por tonterías y hago sufrir a los demás. A veces creo que soy una asesina en potencia o que me estoy volviendo loca.

—Estás bromeando —le dije mientras acercaba mi rostro al suyo y le besaba los labios.

Nunca había deseado besar a nadie tanto como a Laura.

—¿Ves? Yo quería que me besaras, aunque sé que cuando se lo cuente a César le voy a hacer daño.

—¿Cuándo se lo dirás?

—No esta noche, claro.

—Menos mal.

Los ojos de Laura brillaban como en La Flor de Irapuato. Me sentí perdido y feliz en medio de aquella escalera. La escalera misma, que antes no significaba nada especial, se transformó en algo extraordinario, mitad serpiente y mitad despeñadero.

—Nunca me había enamorado —casi grité.

—¿Estás enamorado de mí?

—Creo que sí, pero no te preocupes. La culpa es de mi educación; estoy profunda y verdaderamente enamorado.

Laura esbozó una sonrisa de tristeza. Por breves instantes fuimos no dos personas de carne y hueso sino dos dibujos animados. Se lo dije: tengo la impresión de que ahora somos dos dibujos animados recortados sobre un fondo real. O tal vez no tan real.

—¿Hansel y Gretel? ¿Blancanieves y los siete enanitos? —preguntó Laura.

—No lo sé. Voy a tocarte un seno para cerciorarme.

—Bueno. Tócame.

Acaricié su seno derecho, luego el izquierdo, luego suspiré y emití una risita de tonto, ji ji ji, sí, ésta es la madrastra y éste es su espejo.

—Pareces el Hermano Rabito —dijo Laura mientras me besaba.

Pensé que la punta de la escalera se retorcía. Sobre nosotros, aunque lo suficientemente lejos como para no tocarnos, brillaba una luz. Laura me preguntó qué miraba. Le indiqué el fulgor cada vez mayor y más próximo.

—Pareciera que la escalera se está inclinando —dijo.

Era verdad. La luz estaba casi encima de nuestras cabezas.

—Tienes unos labios muy ricos —dije.

—Tú también. Salados.

Me pasé la lengua por los labios. Los de ella sabían a hierbas y a leche de cabra (¿con qué leche prepararía sus cafés con leche Emilio Wong?), pero no se lo dije.

—¿De verdad estás enamorado?

—Por supuesto.

—¿Pero por qué? Hoy me he sentido tan mal. Fui a ver a Lola porque estaba deprimida; además se me notaba, ¿no?

—Cuando te abrí la puerta me enamoré de ti. Parecías seria.

—El pobre César no quería venir. Lo he estado arrastrando todo el día de aquí para allá. Y sólo por su coche, creo.

—Qué chica más práctica y sincera —dije admirado.

Laura sonrió satisfecha y me volvió a besar. Nos abrazamos como si nunca más nos fuéramos a ver.

—Podríamos hacer el amor aquí y nadie se enteraría, qué edificio más raro es éste —dijo.

—Jan dice que es un tótem de la Wehrmacht —informé—. Creo que no podría.

—¿Que no podrías? ¿Quieres decir que no podrías coger?

—Sí. Que no se me pararía. No tendría erección. Así soy yo.

—¿No tienes erecciones?

—No. Sí que tengo, pero ahora no podría, es un momento, cómo te lo explicaría, muy especial para mí; muy erótico, también, pero sin erecciones. Mira, toca.

Cogí su mano y me la llevé a la bragueta.

—Sí, no está erecto —se rio Laura, pero muy bajito—. No es muy corriente en un chico. Tal vez sea la escalera.

—La escalera no tiene nada que ver —Laura no quitó su mano de mi pene.

—¿No tendrás miedo?

—Un poquitín.

—¿No serás virgen? —apenas la entendí: hablaba en medio de risas cortas y más luminosas que la luz que se desparramaba desde el descansillo.

—Más o menos. En todo caso, habría mucho que conversar. Pero te juro que no pienso morirme virgen —dije.

—Ah.

Alejó su mano, permaneció un momento pensativa y luego añadió:

—Me cayó bien tu amigo chino. Dime, ahora en serio, ¿*también* es poeta?

—Sí. Dios mío, espero que no te moleste que no se me levante.

—No, no.

—Ay, ay, creo que sí.

—No, tonto, de verdad. Me molesta que digas que estás enamorado de mí. Eso es todo. Subamos, deben pensar que nos ha pasado algo.

Desde la azotea el cielo se veía cargado con la misma intensidad que al salir. Nubes gordas y negras dejaban el paso o eran atravesadas por filamentos de nubes moradas. De muy lejos llegaba el sonido de la lluvia aunque en aquella zona de la ciudad no cayera ni una gota. Antes de entrar al cuarto Laura se dio vuelta y me dio un beso en la mejilla. Cuando ya se separaba la retuve de los hombros. A través de la puerta oíamos las voces de nuestros amigos. Me gustaría seguir hablando contigo, le dije. El tono, con seguridad, no fue el indicado. Nos sonreímos, absolutamente distantes. Ojalá que llueva a cántaros, pensé.

—Así que Princesa Azteca. Qué divertido —murmuró—. ¿Y por qué se te ocurrió?

—Ya te lo dije. No lo sé.

Entramos. Jan hablaba a gritos. Nos saludó alzando una copa. Estaba borracho del todo. Me senté en el suelo y al poco rato yo también tenía una copa en la mano.

—¿De verdad cree usted que esto es normal? Quiero decir: ¿son normales estas fiestas artísticas en México? Cada vez me parece más firme la impresión de que aquí hay algo insano. Muy triste y muy oscuro.

—Sí. La gente bebe. No se mide. La alegría sube de tono. Siempre es así.

—Menos mal que puedo hablar con alguien. Si estuviera solo ya me hubiera largado.

—Eso habría sido un poco difícil. Al ganador no le está permitido abandonar así como así la fiesta que se da en su honor...

—Me lo suponía.

—Pobre amigo mío, no ponga esa cara de resignación. Prosigamos con su obra. ¿Por qué tantos escenarios europeos? ¿Acaso no sabe que la auténtica universalidad está en lo particular, en la provincia?

—Por favor, no adopte ese tono, parece la hermana que les faltaba a los Taviani. En realidad, y no lo digo como descargo, no hay escenarios europeos en mi humilde ópera prima. Hay lecturas infantiles que vuelven a aparecer, mitad nostalgia, mitad desesperación. Revistas cuyos nombres no recuerdo: *U-2, Comando, Spitfire,* no sé, probablemente tenían otros nombres... También puede verse como una interpretación de las enseñanzas de Huachofeo: en las extrapolaciones encontraremos abiertas las puertas que nos han tapiado... Una frase muy del sur, muy de Concepción... Pero pregunte, no quiero aburrirla.

—No me aburre. Tengo escalofríos. ¿Dice usted que estamos en un claro del bosque?

—Salgamos a la terraza y véalo con sus propios ojos. O abramos esta ventana, no creo que nadie lo note.

—No, no lo haga. Ya saldremos los dos, tomados del brazo, a respirar aire puro. Ahora creo que me sentaría mal. Hábleme de algo, de lo que sea, de la nueva poesía mexicana.

—Por Dios. Insisto: usted no se encuentra bien, salgamos de este antro o por lo menos tómese un café. ¡Esto huele a semen y jugos vaginales!

—Es verdad. Pero de viejos.

—De viejos intelectuales, añadiría.

—Hábleme de su obra; sospecho que si sigo así perderé el empleo.

—No le faltarán ofertas de trabajo. Es usted una periodista simpatiquísima.

—Gracias.

—Y muy pero que muy sacrificada.

—Gracias. Si no le molesta, volvamos al tema.

Querida Ursula K. Le Guin:

Le había escrito una carta pero por suerte no se la he mandado: era una carta pretenciosa y llena de preguntas cuyas respuestas usted de alguna manera ha dado en sus hermosos libros. Tengo diecisiete años y nací en Chile pero ahora vivo en una azotea de México DF desde donde se pueden observar unos amaneceres extraordinarios. En la azotea hay varios cuartos pero sólo cinco están habitados. En uno vivo yo con un amigo de dudosa ciudadanía chilena. En otro, digamos el segundo cuarto aunque en modo alguno van en este orden, vive una empleada del hogar, también llamada sirvienta o criada o chacha o chica, con sus cuatro hijos de corta edad. En el tercero vive la sirvienta de uno de los departamentos, el del licenciado Ruvalcava. En el cuarto vive un viejito apellidado Espejo; sale poco pero yo también salgo poco, así que dejémoslo. En el quinto vive una mujer de unos cuarenta y cinco años, de apariencia pulcrísima y delicada, que desaparece muy de mañana y ya no regresa hasta pasadas las diez de la noche. En lo que podríamos llamar pasillo central de la azotea, bordeado de macetas que le dan un aire alegre y tropical, hay tres duchas y dos wáter, todos minúsculos, aunque cómodos y con las puertas de madera recia. Las duchas sólo tienen agua fría, salvo una, la de la madre cuatripartita, privada y con candado, que tiene un boiler que calienta con serrín, pero en general eso no es un problema excepto en raras ocasiones, cuando los días se enfrían hasta la total imposibilidad higiénica. La cara y las manos nos las lavamos en un corredor lateral, en las piletas para lavar la ropa. El edificio tiene ocho pisos y mi cuarto da a la avenida, la cual puedo admirar desde nuestra única ventana (grande, eso sí) sin nunca dejar de maravillarme ante tanta largura y luminosidad. Mi colchón, al igual que el de mi amigo, está instalado directamente en el suelo, un suelo curioso de ladrillos amostazados y marrones, y es aquí donde escribo las cartas y los borradores de lo que algún remoto día puede ser una novela de ciencia-ficción. Por cierto, es duro. Intento aprender, estudiar, observar, pero siempre vuelvo al punto de partida: es duro y estoy en Latinoamérica, es duro y soy latinoamericano, es duro y para terminarla de amolar nací en Chile, aunque Hugo Correa (¿le suena?) podría contradecirme. En lo que respecta a las cartas, todas están dirigidas a escritores de ciencia-ficción de Estados Unidos; escritores a los que razonablemente supongo vivos y que me gustan, como James Tiptree Jr., Theodore Sturgeon, Ray Bradbury, R. A. Lafferty, Fritz Leiber, Alfred Bester. (Ay, si pudiera comunicarme con los muertos le escribiría a Philip K. Dick.) No creo que muchas de mis misivas lleguen a sus destinatarios, pero mi *deber* es esperarlo con todas mis fuerzas y seguir enviándolas. Las direcciones las he tomado de fanzines de ciencia-ficción, incluso muchas de las cartas han sido enviadas directamente a fanzines de diversos puntos de los Estados Unidos con la esperanza de que sus directores hagan llegar los mensajes a sus presumibles autores favoritos. Otras cartas llevan las direcciones de editoriales, algunas de agencias literarias (sobre todo la de los famosos hermanos Spiderman) y unas pocas las señas personales de los escritores en cuestión. Todo esto se lo digo para que usted no crea que este trabajo es sencillo. En realidad lo es, pero podría convencer a cualquiera de lo contrario. Así, en frío, creo que hasta podría afirmarle que lo único que hago es escribir cartas y cartas a personas a las que con toda probabilidad no conoceré jamás. Es divertido; podría decirse que es como usar la radio antes de que inventaran el ansible, je je. Años y años de espera para recibir una respuesta enigmática. Pero supongo que no es el caso y si lo fuera no dramaticemos. Ah, querida Ursula, en realidad es un alivio despachar mensajes y tener todo el tiempo del mundo, decir yo he intentado convencerlos pero no los he visto, tener sueños extraños y sin embargo apacibles... Aunque los sueños cada día sean menos apacibles. Leí que uno de cada diez norteamericanos ha soñado alguna vez con misiles nucleares cruzando un cielo estrellado. Tal vez sean más, tal vez muchos prefieran olvidar las pesadillas de la noche anterior. En Latinoamérica el sueño, me temo, está en relación con otros demonios. Uno de cada veinte ha soñado que observaba a Abraham e Isaac en el cerro. Uno de cada diez ha soñado con la huida a Egipto. Uno de cada cinco, con *Quo Vadis?* y Victor Mature. Pero la pesadilla dominante es otra que los encuestados olvidan con las primeras luces del alba o con los primeros aullidos del despertador. Todos, sin excepción, responden que por lo menos una vez en su vida han sufrido la Pesadilla Clave, pero nadie la recuerda. Sombras y cuerpos vagos, palabras ininteligibles y una sensación, al despertar, de poseer un tercer pulmón o de haber perdido uno a lo largo de la noche, depende, es todo lo que sabemos. Y hasta aquí llego, son las ocho de la mañana, hemos dado una bonita fiesta en nuestro cuarto pero ahora tengo sueño. ¡Todo está tan desordenado! Estoy solo. Saldré a lavarme los dientes en una de las piletas, luego cubriré la ventana con un trapo negro y me dormiré... ¿Que por qué escribo cartas?... Tal vez sólo por molestar o tal vez no... Tal vez me he vuelto loco de tanto leer novelas de ciencia-ficción... Tal vez éstas sean mis naves NAFAL... En cualquier caso y por encima de todo reciba usted mi eterno agradecimiento.

Un abrazo,
Jan Schrella

Intenté beber. Intenté reírme de palabras cogidas al vuelo que en manera alguna eran susceptibles de ser festejadas. Desperté a Estrellita de su sueño tan pacífico, tan más allá de la azotea y de las frases que auguraban victorias, con una taza de té que la vieja bebió sonriendo antes de caer otra vez dormida. (Me sentí fatal.) Probé a parecer meditabundo, frívolo, invisible, hojeé entre el barullo un libro de crítica literaria; en realidad deseaba que todos se marcharan, apagar la luz y dejarme caer en mi colchoneta. En determinado momento la gente comenzó a desaparecer. Jan se vistió y salió al pasillo con José Arco y las Torrente. Luego desapareció Pepe Colina. No me alarmé hasta que Laura y César, éste aparentemente más borracho que yo, se marcharon. Me sentí deprimido. Preferí no moverme, quedarme quieto y esperar. La depresión, suavemente, se transformó en angustia. En el cuarto, de pronto inmenso, permanecimos Héctor, Estrellita y yo. Luego me contaron que Angélica se había sentido mal y la habían sacado a dar un paseo por los pasillos de la azotea. Como en una película de asesinatos, los paseantes no habían permanecido juntos demasiado tiempo: Jan y Angélica se metieron en uno de los lavabos, José Arco y Lola se fumaron un cigarrillo en los tendederos de ropa donde pronto se les unió

Pepe Colina. No recuerdo cuánto tiempo transcurrió hasta que la puerta volvió a abrirse y todos fueron reapareciendo de uno en uno. Antes de que el último entrara me levanté de un salto incapaz de soportar la posibilidad de que Laura no estuviera entre ellos. Pero estaba y cuando nos miramos supe que nuestro asunto no iba a terminar aquella noche. Aunque la noche sí que acabó en algún momento, pese a que parecía interminable.

Debería preguntárselo a alguien o consultarlo en algún almanaque, a veces estoy seguro de que ésa fue la noche más larga del año. Es más, a veces sería capaz de jurar que no acabó como acaban todas las noches, engullidas de golpe o rumiadas durante un buen rato por un lento amanecer. La noche de la que hablo —noche gatuna de siete vidas y con botas de veinte leguas— desapareció o se fue en momentos dispares y a medida que se iba, como en un juego de espejos, llegaba o persistía una parte y por tanto toda ella. Hidra amabilísima, capaz, a las seis y media de la mañana, de volver inopinadamente a las tres y cuarto por espacio de cinco minutos, fenómeno que sin duda para algunos puede ser molesto pero que para otros era más que una bendición, un perdón real y una vuelta a rebobinar.

2

—Soñé con el astronauta ruso... Ahora sé quién es...

—¿Ah, sí?

—Beljaev... Alexander Beljaev...

—¿Qué astronauta ruso?

—Una figura que se acerca a una especie de celda o sala de espera donde estoy... Un cubículo plomizo y blando... Entre él y yo hay una malla, así que puedo ver sin demasiada dificultad lo que hay al otro lado, el paisaje de donde viene Beljaev.

—Tengo todo el cuerpo molido... ¿Qué hora es?

—Las seis, las seis de la tarde.

—Ah, qué asco... ¿Pero qué haces tú en la cama?

—Me acosté hace una hora, por pura solidaridad, para que llevemos el mismo ritmo...

—Sí, ja ja ja... Cuando volví dormías como un tronco.

—Estaba dormido pero me desperté. Hice la comida, me di una ducha, trabajé y me volví a dormir... ¿Por qué no quitas el trapo negro de la ventana?... Ahora escucha: detrás de la malla había un aeropuerto...

—Por supuesto.

—Más allá del aeropuerto, al final de una llanura, se podían divisar con absoluta claridad las siluetas de dos montañas... En esa dirección mirábamos ambos al principio del sueño, pero luego él se acercó hasta donde yo estaba y se presentó a sí mismo con una sonrisa y con unos ademanes exquisitos... Era Alexander Beljaev... ¿Sabes quién es?

—Ni idea, Jan.

—Un escritor de ciencia-ficción.

—Me lo suponía... ¿Has leído alguna vez a Tolstoi, a Bulgakov?

—Poco...

—Me lo suponía... Tendrías que leer a otros autores rusos; en general a otro tipo de escritores. No te vas a pasar la vida leyendo historias de naves espaciales y extraterrestres.

—No me retes y escucha, esto es divertido: el aeropuerto parecía en realidad un campo de tenis y las montañas, un par de pirámides de cartón piedra... Pero si contemplabas el paisaje con atención, había algo, un resplandor irreal alrededor de todo, y Beljaev lo sabía y quería que yo me diera cuenta... Algo en sus ojos velados por el visor del casco espacial me indicaba con vivacidad la presencia incorpórea de otras personas..., la troupé, invisible..., un campo de energía...

—Qué...

—No entiendo nada, le dije, mis conocimientos de física son deplorables y en el liceo sólo me dediqué a escribir poesías. Me dieron ganas de llorar de impotencia... En los sueños, cuando vienen las lágrimas todo se oscurece paulatinamente o se aclara hasta el blanco absoluto... Entonces él habló por primera vez; pude ver cómo sus labios se movían, pausados, aunque la voz restalló procedente de otros lugares, como si en la salita hubieran varios altavoces ocultos: soy Alexander Beljaev, dijo, ciudadano soviético y profesor de la Universidad Desconocida...

—¿Qué es la Universidad Desconocida?

—Una universidad que nadie conoce, por supuesto. Alfred Bester la menciona en un relato. En cuanto a Beljaev, como seguramente no sabrás, nació en Smolensk en 1884 y murió en enero del 42, de hambre, en Leningrado.

—Qué jodido...

—Luego Beljaev me dio la espalda y desapareció. Sobre la planicie apareció primero un viento fuertísimo y después unas nubes negras de temporal; los colores, sin embargo, nunca fueron tan vivos como entonces. Pensé que así debía ser la agonía. Me sentí como atrapado dentro de una postal al mismo tiempo que contemplaba paradójicamente el progresivo alejamiento del paisaje. Hasta que la red de la cancha de tenis se soltó. Fue muy raro. De repente se desató y cayó como una pluma. Tuve la certeza de que allí nunca más iban a jugar. Y me desperté. Tú hablabas dormido.

—¿Ah, sí?

—Sí, ¿qué tal con Laura?

—Bien. ¿Y aquí?

—Un escándalo. Creo que no los voy a invitar nunca más. Se ponen demasiado agresivos cuando beben: César se peleó a puñetazos con José Arco. Menos mal que no me escogió a mí como chivo expiatorio.

—Jan, no se trata de chivos expiatorios. Además, yo sé defenderme... ¿Quién ganó?

—Nuestro amigo, claro, pero con un poco de ayuda.

—No me digas que le pegaron al pobre César entre varios.

—Sería más correcto decir que lo sujetamos. Sólo lo golpeó José Arco.

—Vaya pandilla de cobardes. Oye, no me lo creo.

—Je je je...

—No me extraña que luego sueñes con Beljaev. Debe ser tu mala conciencia que te corroe.

—Digamos que fue en defensa propia. Tu rival es un machito de mucho cuidado. Bueno, yo al menos me andaría con pies de plomo. Antes de marcharse juró que te haría pagar, multiplicados, claro, cada puñetazo de José Arco. No muchos, en honor a la verdad.

—¿Qué va a pensar Laura?

—También dijo algo acerca de Laura, pero me lo callo. No sé cómo se te ocurrió irte con Laura a esa hora. César estaba desesperado, los buscó durante un buen rato por la azotea. Tal vez pensaba que se habían escondido en algún wáter, tradición bastante usual, te lo digo por experiencia. Cuando regresó al cuarto sin ustedes, explotó. A propósito, ¿dónde se metieron?

—Caminamos hasta Chapultepec, todo el rato conversando. Luego desayunamos juntos y la acompañé hasta el metro.

—Ya ves. El César los hacía en un hotel de mala muerte.

—Qué pendejo más grande.

—Menos mal que nuestro querido José Arco resultó diestro con los puños, aunque no creas que es un estilista, yo diría más bien un fajador. Además, fíjate en esto: tu rival en amores quería, mientras peleaba, romper el máximo de objetos posibles de esta su humilde casa de usted. José Arco, en cambio, se preocupaba más por los vasos, libros y dedos desparramados por el suelo que por sus propios cachetes.

—Algún día perderá su vida por delicadeza.

—Toquemos madera... En cualquier caso, el asunto acabó bien. Entre Angélica y yo echamos al frustrado novio. No se derramó ni una gota de sangre. El sueño de Estrellita fue perturbado sólo cuando llegó la hora de marcharse. Yo rechacé las propuestas de Colina y Mendoza de unirme al grupo en busca de un restaurante abierto para desayunar. Mi negativa fue excelentemente bien aprovechada por este último para hacer mutis con Angélica tomada de la cintura. Gesto bienintencionado si consideramos que debían ser las siete de la mañana o algo así. En fin, debería decir: gesto angelical pero en el fondo son otras mis preocupaciones. Lola y Héctor se fueron antes de la pelea. José Arco se quedó un rato conmigo y entre los dos arreglamos un poco todo el desmadre. En general lo que hicimos fue reírnos como locos de tu César y de todos. Finalmente él también se fue y yo me dejé caer en la colchoneta. Pero no me dormí: le escribí una carta a Ursula Le Guin. ¿Podrás ponérmela en el correo, hoy?

—Claro. ¿Qué le cuentas?

—Le hablo de los sueños y de la Revolución.

—¿No le dices nada de la Universidad Desconocida?

—No...

—¿Por qué no le preguntas si sabe dónde se encuentra?

Los días siguientes, o tal vez debería decir las horas siguientes, fueron, en opinión de muchos, excesivamente dulces. Hasta entonces yo era un mirón en el DF, un recién llegado bastante pretencioso y un torpe poeta de veintiún años. Quiero decir que ni la ciudad me daba bola ni mis sueños lograban rebasar los límites de la pedantería y del pésimo artificio. (Ay, si entonces nada hubiera ocurrido o al menos si Jan y José Arco hubieran permanecido con la boca cerrada, ahora no estaría donde estoy sino en el Paraíso de los Hombres de Letras de Latinoamérica, es decir dando clases en una universidad norteamericana o en el peor de los casos corrigiendo galeradas en una editorial de medio pelo, remanso apacible, promesa infinita.) Sin embargo los días fueron dulces. Dulcísimos. Jan y José Arco se sumergieron en cábalas y estadísticas que hasta entonces nos parecían impensables. Mi condición de mirón subsistió, pero con un añadido: el ojo que observaba podía transmutarse en las calles y objetos mirados, aquello que alguien (¿Chateaubriand? ¿El Vate del Crucero?) llamó el orgasmo seco. A la llamada de la Princesa Azteca caían los proyectos, los poemas, el arte amoroso de bolsillo y la prudencia; todo, menos el DF (que de la noche a la mañana me adoptó) y Lewis Carroll. Nuestra cotidianidad se vio de pronto trastocada: surgieron las citas amorosas por un lado y el placer del laberinto y del ovillo por el otro. José Arco consiguió una reunión con el doctor Ireneo Carvajal. Pepe Colina, puesto al corriente por nosotros aquella noche de la existencia de las Hojas de Conasupo, nos facilitó la dirección de un tal Leonardo Díaz, poeta entregado en cuerpo y alma a las paradojas literarias. Las cartas de Jan con destino a Estados Unidos se multiplicaron. En mis sueños Laura llegó a decir adelante, ve al encuentro del Huracán, enmarcada en un paisaje alpino, con los pelos brillantes y electrizados. En la vida real Laura decía te quiero, vamos a ser muy felices. ¡Y muy buenos!, añadía yo. ¡Tenemos que ser buenos y caritativos, Laura! ¡Tenemos que ser piadosos y desprendidos! Laura se reía pero yo lo decía en serio. Una tarde, nunca lo olvidaré, mientras subíamos por las escaleras eléctricas del metro, bailé un tap. Eso fue todo. Nunca lo había ni siquiera intentado y me salió perfecto. Laura me dijo qué bien lo haces, calcadito a Fred Astaire. Yo estaba sorprendido. Me encogí de hombros y se me llenaron los ojos de lágrimas.

—¿Por qué estás triste?

—No lo sé, pero me siento como si me hubieran rajado —dije.

—¿Y todo por bailar un tap? Pobrecito, ven, deja que te abrace.

—Quedémonos quietos y abrazados, ¿quieres?

—Pero entonces estorbaremos a la gente que sale.

—Bueno, entonces salgamos nosotros también, pero despacio.

Y el eco: ¡tenemos que ser buenos y caritativos, Laura! ¡Tenemos que ser piadosos y desprendidos, a ver si el terror no nos echa el ojo! Y Laura se reía, claro, y yo también, pero mis risas no eran tan seguras.

En cuanto a Jan, he dicho que sus cartas se multiplicaron. De hecho, casi todo el día estaba escribiendo cartas y leyendo libros de ciencia-ficción que José Arco y yo le traíamos a carretadas. Los libros eran casi todos robados, lo que no resultaba difícil yendo a las librerías en compañía de José Arco, contumaz en esos menesteres. No era fácil satisfacer las listas de títulos y autores que Jan nos exigía, muchos de ellos sin traducir al español y que debíamos sustraer de librerías especializadas en literatura de lengua inglesa, poco abundantes en el DF y, lo que es peor, más de una con un régimen de vigilancia interna más propio de la biblioteca pública de Alcatraz. Sin embargo y tras aventurillas sin mayor trascendencia Jan tuvo a su disposición todos los libros que deseaba. Éstos, subrayados, anotados, vueltos a subrayar, se fueron apilando por todos los rincones de nuestro cuarto de una forma caótica que impedía incluso la circulación; salir a orinar por la noche sin estar del todo despierto y sin encender la luz podía ser peligroso: una lapa —E. E. Smith, una ratita—, Olaf Stapledon o casi toda la obra de Philip K. Dick jugando a ser una piedra podían zancadillearte en cualquier momento. No resultaba extraño despertar a mitad de una pesadilla con un libro de Brian Aldiss o de los hermanos Strugatski enredado entre los pies y era inútil, por supuesto, hacer deducciones sobre cómo había llegado el libro en cuestión a ese lugar, si bien debo reconocer que no hacíamos las camas con demasiada frecuencia. (No creo pecar de exagerado si digo que una vez me despertaron mis propios gritos: no sólo estaba pateando un libro sino que incluso tenía sus páginas agarradas con los dedos de los pies, como un mono, con el agravante de que uno de los pies se me había quedado dormido y los dedos, contra toda lógica, se engarfiaron en las hojas, sin quererlas soltar.) Hasta que por fin Jan se decidió a ordenar aquel basurero galáctico. Un mediodía aparecieron los libros junto a la pared pero apilados de tal manera que en verdad más que un montón de libros aquello parecía una banca de plaza de armas. Faltaban los árboles y las palomas, pero el aire, la aureola, emergía del montón de volúmenes robados. Al cabo de unos instantes me di cuenta de que ésa era, precisamente, la intención.

—¿Cómo lo has logrado? —exclamé sorprendido.

—Con paciencia —Jan tenía un aspecto extraño, sobreexcitado, con la piel casi transparente.

—Me recuerda... las bancas de la plaza de Armas de Los Ángeles.

—Moraleja: nunca desprecies los libros de bolsillo.

Al día siguiente la banca desapareció o mejor dicho se metamorfoseó en una mesa modernista de unos cuarenta centímetros de altura, de interior macizo aunque con un par de túneles que se abrían por dos de los lados, tenía cinco, confluían en el centro y salían, unidos, por el otro extremo, el extremo lleno de aristas. Para mayor recochineo Jan había puesto en el medio de la mesa, sobre la tapa de un libro de John Varley, un vaso con agua y una flor.

—Me regaló el clavel la hija de la señora Estela.

—Qué bonito, Jan, qué bonito...

—Mmmm, sí, no está mal... Si quieres podemos comer aquí, es resistente, pero tendremos que improvisar un mantel, ¿eh?, no quiero que me manches ningún libro.

—No hombre, comamos en la mesa de verdad, no jodas.

—Qué dices, toca, toca, es fuerte, está bien hecha, huevón.

Comimos allí, sobre los libros previamente cubiertos con una manta fina, y cenamos allí —José Arco estuvo con nosotros y al principio no lo creía así que tuve que levantar la manta para que viera que la mesa estaba hecha con libros—. Por la noche, antes de dormirse, Jan llegó a sugerirme que si quería podía escribir sobre su mesa. Me negué en redondo.

Al cabo de un rato le pregunté:

—¿Te sentaste?

Jan tenía los ojos cerrados y parecía, en efecto, dormido, pero me contestó con un timbre de voz clarísimo.

—No.

—¿Creíste que la banca no te iba a aguantar?

—No, no fue eso.

—¿Por qué no te sentaste entonces, huevón? ¿O por qué no me pediste a mí que me sentara?

—Me dio... miedo... No, miedo no. Pena. Pero muy honda. Mierda, parece la letra de un corrido.

—No, de un bolero… Je je je… Buenas noches, Jan, que sueñes con los angelitos.

—Buenas noches, Remo, que escribas cosas buenas.

Entonces fui yo quien tuvo miedo. Ni pena ni inquietud. Miedo. Allí, con un cigarrillo colgando de los labios, el cuarto iluminado sólo con la luz de mi lamparilla, mi amigo que pronto iba a empezar a roncar y a descansar de verdad (Dios lo quisiera) y la ciudad girando allá afuera.

Pero llegaba el amanecer y se iba el miedo. El amanecer que decía hola hola pinches miedosos hola hola ¿saben quién soy? mientras empujaba los cristales de la ventana y nuestras sombras contra la pared. Claro, decía yo. Cinco minutos después, medio dormido y tapándose la cabeza con las sábanas, Jan decía por supuesto. Tú eres el amanecer extraordinario que prometió visitarnos cada tres días. Exacto exacto decía el amanecer y nosotros bostezábamos, preparábamos té, un poco pesadito este amanecer, ¿no?, fumábamos, nos contábamos los sueños. Hola hola ajúa soy el amanecer mexicano que siempre le gana a la muerte.

—Por supuesto —se burlaba Jan.

—Cómo no —murmuraba yo.

El hogar en esta tierra del doctor Ireneo Carvajal estaba en el cuarto piso de un edificio construido en los cincuenta en una colonia proletaria donde abundaban los niños —en el quinto piso, a juzgar por los ruidos, habían instalado una guardería— y escaseaba el silencio y el misterio con que José Arco y yo habíamos adornado el entorno del director del Boletín Lírico del Distrito Federal. El doctor nos recibió enfundado en una bata color tabaco que le llegaba hasta las pantorrillas y que parecía excesiva para el calor reinante; era un hombre delgado, el rostro anguloso marcado por arrugas precisas y simétricas, de edad indefinible entre los cuarenta y los sesenta años. Sus modales se ajustaban a los de un tipo triste y bien educado. El cuello de su camisa delataba cierta dejadez o pobreza que se contrastaba con el mobiliario de la sala, pequeño-burgués y limpio. No miraba a los ojos. Así, nos escuchó en silencio, con la vista clavada en el suelo o en la pata de un sillón, y a medida que José Arco explicaba el motivo de nuestra visita comenzó a morderse los labios, cada vez con mayor frecuencia, como si de pronto nuestra presencia constituyera un agobio. Cuando por fin habló pensé que sería para indicarnos la puerta de salida. No fue así.

—Jóvenes —dijo—, no acabo de entender el interés que les produce un fenómeno nada extraordinario.

—¿No le parece curioso, por lo menos, que en el DF hayan más de seiscientas revistas de literatura?

El doctor Carvajal sonrió benevolente.

—No exageremos. Mi admirado Ubaldo, tan telúrico siempre, se ha tomado a la tremenda mis cifras. ¿Seiscientas revistas de literatura? Depende de lo que aceptemos como revista y de lo que consideremos literatura. Más de una cuarta parte de estas revistas son en realidad hojas fotocopiadas y luego engrapadas, con un tiraje no mayor de veinte ejemplares, en algunos casos menos. ¿Literatura? Sí, para mí sí; para Octavio Paz, por poner un ejemplo, no: garabatos, sombras, diarios de vida, frases tan misteriosas como una guía de teléfonos; para un profesor universitario, estelas lejanísimas, apenas el rumor de un fracaso desconocido; para un policía, ni siquiera algo subversivo. En todos los casos: palabras que poseen una cierta ahistoricidad literaria. Por supuesto, je je, no me refiero a las revistas oficiales.

—Me sigue pareciendo un hecho extraordinario, perdón, quiero decir: inquietante. Don Ubaldo nos dijo que él suponía que el año pasado el número de revistas aparecidas en el DF no sobrepasó las doscientas.

—En *Mi Pensil* afirma —añadí yo— que para finales de año pueden haber más de mil, como para figurar en el Guinness.

—Es posible —el doctor Carvajal se encogió de hombros—, pero si así fuera sigo sin ver qué interés tienen ustedes en esto... ¿Desean verificar un récord? ¿Quieren hacer una antología de textos raros? Desengáñense, no hay textos raros; miserables y luminosos, algunos, pero no raros.

—Nos interesa como síntoma.

—¿Como síntoma de qué?

José Arco no contestó. Supuse que mi amigo pensaba en el Huracán. El doctor Carvajal se levantó con una sonrisa enigmática y salió de la sala. Volvió con algunas de las revistas.

—Hojas fotocopiadas, hojas mimeografiadas y hasta manuscritas, órganos de talleres de poesía huérfanos de todo, fanzines de música moderna, letras de canciones, una obra de teatro en verso sobre la muerte de Cuauhtémoc, todas con algunas faltas de ortografía, todas humildemente en el centro del mundo... Ay, México...

Las revistas, desparramadas sobre la mesita que separaba nuestros sillones de la silla de madera de nuestro anfitrión, me parecieron esqueléticas como los prisioneros de los campos de concentración nazis; como éstos, quiero decir, como las fotografías que nos los muestran, eran en blanco y negro y tenían los ojos grandes y hundidos. Pensé: tienen ojos, nos están mirando. Luego, aparentando una calma que de pronto me había abandonado, dije:

—Sí, se ven bastante pobres —y de inmediato me sentí idiota.

—Como síntoma de la Revolución —la voz de José Arco, al contrario que la mía, sonó convencida y firme, aunque me di cuenta que se estaba tirando un farol.

—¡Ah, qué pretensión! —exclamó el doctor—. Y qué felices haría usted a los pergeñadores de estas hojas. Para mí, en cambio, son el síntoma de cierta tristeza. Permítanme que les cuente un hecho similar que puede resultarnos altamente aleccionador; lo pueden encontrar en el libro *Diez años en África* del sacerdote chiapaneco Sabino Gutiérrez. Los hechos narrados por el padre Gutiérrez ocurrieron en una aldea cercana a Kindu, en lo que entonces era el Congo Belga, allá por los años veinte, aunque nuestro cura sólo estuvo dos veces en esta aldea, la primera para visitar a su amigo Pierre Leclerc, misionero francés, la segunda para poner flores en la tumba de éste. Ambas visitas fueron breves. En el intervalo, durante el cual Gutiérrez recorrió el sudeste del Congo hasta el lago Moero sin ningún provecho evangélico y sí con una gran excitación de turista impenitente, para luego establecerse en Angola por espacio de más de ocho meses. Ocurrieron los hechos que voy a contarles y que me parece guardan una especie de relación si no con el fenómeno de las revistas, sí con lo que me temo ustedes entrevén detrás del fenómeno. Antes de seguir he de advertirles que después de años en África, invertidos casi todos en viajes y expediciones sobre los que el autor, por otra parte, no esclarece nunca los motivos, el padre Gutiérrez no se sorprendía fácilmente. Sin embargo en esta aldea cercana a Kindu hubo algo que despertó su curiosidad: los nativos hacían gala de una destreza manual inusitada, de una facilidad para la carpintería que él no había visto nunca. O tal vez no fuera la destreza sino la disposición, la atmósfera. Recuerda, en una página entrañable, su único paseo por la aldea en compañía de Leclerc, a quien conocía de Roma y con quien parece estar unido por una verdadera y profunda amistad pese a la diferencia de caracteres (Sabino Gutiérrez es mundano, culto, brillante, capaz de revisar su traducción de Píndaro en Katanga; Leclerc es descrito como un ser bondadoso, risueño, ajeno a las pompas y vanidades). Y mientras pasean, en las chozas o rucas como las llamaría usted, va observando, cada vez con mayor sorpresa, los objetos de madera que el arte de la carpintería, asumido de manera colectiva, ha ido creando. Leclerc, al ser interrogado, no comparte el asombro de su amigo: ha sido él quien ha introducido muchas de las herramientas que usan los nativos, le parece algo bueno y sano lo que hacen, no entiende el principio de extrañeza de Gutiérrez. Éste no insiste pero por la noche, la única que pasará en el poblado, sueña con sillas, taburetes, armarios, cómodas, mesas de todos los tamaños —mayormente mesas pequeñitas—, banquetas, casetas de perro o casas de muñecas, e infinidad de objetos que podríamos clasificar en tres apartados: los muebles propiamente dichos, los juguetes o imitaciones del progreso europeo, como trenes, automóviles, fusiles, etcétera, y los inidentificables u objetos artísticos, como planchas agujereadas, discos dentados, cilindros enormes. Al día siguiente, antes de marcharse, Leclerc le regalará uno de los objetos de madera que tanto lo han trastornado: un Cristo crucificado de diez centímetros tallado en una madera blanda y como jugosa, de color negro con vetas amarillas, que nuestro viajero recibe encantado, la pieza sin duda es excelente; el resto son efusiones de cariño entre ambos sacerdotes y promesas de un no lejano reencuentro. Meses después, instalado en Luanda, Sabino Gutiérrez recibe una carta de su amigo, quien en una larga posdata vuelve a recordarle los trabajos de carpintería. Éstos, dice Leclerc, han crecido de manera considerable, hasta el grado de dar ocupación a todo el pueblo con alguna que otra excepción. Los campesinos trabajan las tierras como ausentes, los pastores pierden interés por sus rebaños. Leclerc y las dos monjas enfermeras comienzan a preocuparse. Pero el asunto dista de ser grave, en realidad el francés lo relata como algo jocoso, incluso hace gestiones que no darán resultados para comercializar las piezas en Leopoldville. A partir de entonces Sabino Gutiérrez, en cada carta enviada a su amigo, pregunta por los nativos carpinteros. La situación permanece estable durante medio año. Después una nueva carta de Leclerc da la señal de alarma. La fiebre de la carpintería se ha adueñado del pueblo y parece contagiosa: en algunas aldeas vecinas los hombres, las mujeres y los niños comienzan a aserruchar con el único serrucho comunal, a martillar con dos martillos comunales, a clavar los pocos clavos existentes, a limar, a encajar, a encolar. La falta de medios es suplida con imaginación y técnicas autóctonas. Los objetos terminados se amontonan en las chozas y en los patios, desbordando la aldea enfebrecida. Leclerc habla con los más viejos. La única respuesta que consigue, el diagnóstico de los brujos, es que el virus de la tristeza y de la exaltación ha prendido en el pueblo. Sorprendido, muy a su pesar reconoce en su propia alma un poco de tristeza y un poco de exaltación, como un reflejo diminuto y deforme de las emociones establecidas en su aldea. La siguiente y última carta es escueta; posee, según Sabino, la sencillez de estilo de un De Vigny y la desesperación y religiosidad de un Verlaine (je je, ya ven, su capacidad como crítico literario no difiere mucho de la de nuestros actuales escritores de reseñas). Podemos suponer que en realidad a Leclerc todo le importaba ya una chingada. Las callejas de la aldea están sembradas de utensilios de madera que nadie ha usado ni usará. Los carpinteros se reúnen en secreto con comisiones de carpinteros venidos de otros lugares. Casi nadie asiste a misa. Como medida preventiva el cura ha ordenado a las monjas retirarse a Kindu. Los días, tensos e inactivos, los ocupa tallando un crucifijo —llegado a ese punto le pide a Gutiérrez que tire el crucifijo que le regaló en su anterior visita «pues la compulsión falsea la figura de Cristo» y le promete que se lo repondrá «con la talla que actualmente trabajo» o «con un Cristo andaluz labrado en plata»—. Se lamenta de la situación de la aldea. Se pregunta por el futuro de los niños. Se duele del trabajo de años. Pero no especifica qué teme ni dónde se agazapa el maligno. Habla, eso sí, de muertes: colonos blancos asesinados, un simulacro de huelga en una mina de estaño, pero nada más. Se diría que sólo le preocupa su aldea y que todo lo que ocurre fuera de sus lindes carece de realidad. De alguna manera se siente responsable; no olvidemos que él fue, por así decirlo, el carpintero mayor. Ahora ni siquiera es capaz de horrorizarse ante la extraña bañera de madera que un grupo de adolescentes ha abandonado en su huerto. La despedida es rápida. Las monjas se van y deben llevar la carta. Leclerc se queda solo. Meses después Gutiérrez se entera de su muerte. Pasada la sorpresa y tras realizar infructuosas averiguaciones desde Luanda, nuestro sacerdote mueve todos los hilos a su alcance para volver al Congo, al lugar donde descansa su amigo. Por fin, lo consigue. El problema ahora son las autoridades belgas, que se muestran renuentes a la visita. Los sucesos de la aldea X son considerados confidenciales. Tras mucho insistir, Gutiérrez se entera que la muerte de Leclerc no ha sido accidental. Su amigo fue asesinado durante una revuelta negra. La explicación oficial, a partir de allí, es vaga, tal vez lucharan dos tribus vecinas, tal vez la carnicería fue incitada por los brujos. Anclado en Kindu, Gutiérrez lleva una vida absolutamente heterodoxa. Al cabo, obtiene la autorización para visitar la aldea en compañía de un funcionario colonial y un médico. Al llegar, las pocas chozas que quedan en pie, el nuevo dispensario, los seres vivos que vislumbra a través de las puertas oscuras y el mismo aire que se respira presentan un aspecto ominoso. El cementerio, arreglado con exquisitez, muestra una enorme proporción de cruces nuevas. A una pregunta de Gutiérrez le informan que las anteriores misioneras han regresado a Europa. Por supuesto, nadie quiere recordar que en aquella aldea se trabajara la madera; de los antiguos carpinteros y talladores no queda ni una huella. Exasperado, nuestro cura decide visitar solo la tumba de su amigo. Entonces se da cuenta que lleva en el bolsillo el crucifijo que Leclerc le pidió que tirara. Lo extrae del bolsillo y lo observa por última vez. Es un Jesús extraño, sereno y fuerte, incluso, mirado desde cierto ángulo, sonriente. Lo arroja a los matorrales. De inmediato se da cuenta que no está solo; primero escucha y luego ve a un viejo que sale del tronco de un árbol y escarba en el sitio donde ha ido a caer el crucifijo. Gutiérrez, helado de miedo, permanece quieto. Después de un instante de búsqueda el viejo se levanta y sin avanzar hacia él, más bien manteniendo la distancia, le habla. Se llama Matala Mukadi y le va a contar la verdad. A Leclerc lo mataron los blancos. Trescientos nativos corrieron la misma suerte y los que no fueron quemados aún deben llevar entre los huesos las balas que dispararon los blancos. ¿Pero por qué?, pregunta Gutiérrez. Por la rebelión. La aldea entera se rebeló. Los mineros se rebelaron. Todo ocurrió de pronto, como un milagro. Y los blancos aplastaron la rebelión de forma ejemplar: murieron mujeres, niños y viejos. A los que buscaron refugio junto al cura francés los mataron en la misma casa de la misión, luego quemaron la mitad del pueblo y acordonaron la zona. Los blancos tenían armas de fuego, los nativos sólo rifles de madera, pistolas de madera. ¿Por qué mataron a Leclerc?, pregunta Gutiérrez y espera que el negro conteste que por asumir la lucha de los carpinteros, sin embargo el viejo es tajante: por casualidad. Una carnicería rápida, claro. El negro levanta con una mano la figurita de madera. ¿Magia?, pregunta Gutiérrez antes de que el otro le dé la espalda y se marche. No, dice el negro: vestido, ropa de la aldea. Nuestro sacerdote entiende que cuando dice aldea quiere decir rabia o sueño. Se separan sin más palabras. Desde el momento en que Gutiérrez da mayor crédito a la versión del negro que a la de los blancos poco más puede hacer allí. Dos años después abandona África, y luego Europa, para siempre. Vuelve a Chiapas, en donde se dedica a escribir sus memorias y ensayos sobre temas religiosos hasta el día de su muerte. Sus últimos años, si podemos creer a su editor, otro cura, son plácidos y anónimos. Y eso es todo...

El doctor Carvajal permaneció en silencio; su rostro, iluminado por los últimos rayos de sol que se filtraban por entre las hojas de la cortina, tenía un aspecto de calavera recubierta caprichosamente por una película de carne. Su cabeza, no obstante, daba una impresión de fortaleza y salud.

—Lo que intento decirles —añadió por fin— es que poco importan seiscientas revistuchas más o menos...

—Lo que tiene que pasar pasará, ¿no? —lo interrumpió José Arco.

—Exacto, joven, y lo único que puede hacer un intelectual es contemplar la explosión, a la distancia adecuada, por supuesto.

—Para mí los que hacen estas revistas —dije hojeando cuatro hojas que respondían al ambiguo título de *Paraíso Perdido y Paraíso Recobrado*— también son intelectuales.

—Artistas del fuego —me corrigió el doctor Carvajal—, artistas del detritus, desempleados y resentidos, pero no intelectuales.

—Sí —dijo José Arco—, ladrones de motos.

El doctor Carvajal sonrió complacido, en el fondo era un neorrealista de cineclub.

—Víctimas —aunque sonreía su voz sonó terrible—. Actores inconscientes de algo que con toda seguridad yo no veré. O tal vez ni siquiera eso: una combinación del azar carente de significado. En los Estados Unidos les está dando por el video, tengo buenos datos. En Londres los adolescentes juegan durante algunos meses a ser estrellas de la canción. Y no pasa nada, por supuesto. Aquí, como era de esperar, buscamos la droga o el hobby más barato y más patético: la poesía, las revistas de poesía; qué le vamos a hacer, no en balde ésta es la patria de Cantinflas y Agustín Lara.

Estuve a punto de decirle que lo que estaba afirmando me parecía incorrecto: la poesía era para mí en aquellos años, y tal vez aún hoy, la disciplina literaria con mayores logros en América Latina. Que se hablara mal de Vallejo, que no se conociera con profundidad la obra de Gabriela Mistral o que se confundiera a Huidobro con Reverdy era algo que me ponía enfermo y luego rabioso. La poesía de nuestros pobres países era un motivo de orgullo, tal vez el principal, de aquel joven turco que una vez a la semana se apoderaba de mí. Pero no dije nada al respecto. Por el contrario, recordé algo que había leído en los papeles que guardaba Jan y lo relacioné de inmediato con el tema de nuestra conversación.

—No creo que sea el video la droga de los norteamericanos, aunque la verdad no sé si usted se refería a los videojuegos o a filmar sus propias películas. Pero puedo asegurarle que un nuevo hobby está ganando terreno: los juegos de guerra. El abanico de éstos es amplio aunque básicamente hay dos vertientes. Los juegos de mesa que consisten en un tablero hexagonado y unas fichas de cartón llamadas contadores. Y los juegos de guerra en vivo o de fin de semana, similares a los que jugábamos nosotros cuando niños, sólo que los gringos que ahora los practican pagan unas cantidades bastante considerables como para mantener el negocio. Los primeros, es decir aquellos donde el campo de batalla es un tablero hexagonado, colocan al jugador en el papel del Estado Mayor, aunque también los hay tácticos (los anteriores son llamados estratégicos) como la serie de los Squad Leader en donde cada ficha (y hay más de mil) representa diez hombres más o menos. La duración de estos juegos por regla general sobrepasa las cinco horas e incluso los hay cuya duración alcanza las veinte o treinta horas de juego. El origen, creo, está en el Kriegsspiel alemán, los grandes tableros estratégicos donde en el siglo pasado se jugaban las guerras antes de iniciarse, o en el ajedrez, un juego de guerra abstracto. La otra modalidad coloca al jugador, como si se tratara de una pieza de teatro, en el mismo pellejo del soldado. El juego consiste en un día o en un fin de semana dedicado a prácticas militares. Se enseña a manejar todo tipo de armas, se asiste a conferencias de veteranos del Vietnam, se participa en combates simulados, incluso hay organizaciones que disponen para sus socios de saltos en paracaídas. Las simulaciones, en ambas modalidades, hacen gala de un rigor histórico ejemplar: los combates simulados no ocurren en el limbo sino en lugares concretos ya sea del pasado o de un futuro predecible o deseable; Vietnam, Irán, Libia, Cuba, Colombia, El Salvador, Nicaragua, incluso México son algunos de los escenarios de estas escaramuzas. Dato significativo: más de un combate transcurre en el mismo Estados Unidos, en donde el enemigo es encarnado por una hipotética guerrilla negra o chicana. Las campañas, en los juegos de mesa, están tomadas en su mayor parte de la Segunda Guerra Mundial, aunque también se pueden encontrar guerras de un futuro no lejano, desde la Sexta Flota disparándole a todo bicho viviente en el Mediterráneo hasta la Tercera Guerra Mundial limitada al escenario europeo, con bombas atómicas incluidas. Pero la mayoría son de la Segunda Guerra Mundial y con una iconografía y mecanismos de identificación marcadamente nazis. En su publicidad, por ejemplo, le prometen al futuro jugador que si juega bien y tiene suerte la Operación Barbarroja puede ser un éxito, los tanques de Rommel pueden llegar a El Cairo y la ofensiva de las Ardenas puede provocar un armisticio honroso. Ambos hobbys, los de mesa y los de week-end, poseen más de una revista a su servicio y una infraestructura sólo concebible en los Estados Unidos. Por cierto, la casa que publica los juegos de mesa ya está sacando programas de guerra para ordenadores. Según creo, el negocio va viento en popa.

—¿Pero quiénes juegan? —dijo el doctor Carvajal.

—Ah, eso es lo más curioso. Yo hubiera creído que a la guerra en vivo sólo se apuntarían asesinos frustrados y miembros del Ku Klux Klan, pero parece ser que gusta bastante a los obreros especializados, a las amas de casa, a los yuppies y a la gente que está cansada de hacer jogging. Las guerras de tablero atraen más bien a fascistas perezosos, aficionados a la historia militar, adolescentes tímidos e incluso a exajedrecistas: se dice que Bobby Fischer está jugando desde hace más de dos años la batalla de Gettysburg. Sin contrincante, él solo.

El doctor Carvajal asintió con una sonrisa de ángel helado.

—El mundo va por derroteros extraños —murmuró—. Los miniaturistas siempre me parecieron vasallos del demonio. Toda mi vida he creído que la Maldad antes de estrenarse ensaya sus piruetas en pequeñito. En realidad, comparadas con los fetiches de los gringos nuestras revistas parecen lo que son: bichos heridos.

—Pero vivos —apuntó José Arco y luego me preguntó por lo bajini—: ¿De dónde sacaste tú todo eso?

Le dije que de los papeles que guardaba Jan.

—Según él, la John Birch Society es un asilo de ancianitos bondadosos al lado de la gente de la revista *Soldado de Fortuna,* que no sólo son mercenarios vocacionales sino los auténticos creadores de lo que es hoy el happening o la performance imperialista. Lo mismo se puede decir de los que apuntalan los juegos de mesa. La casa Avalon Hill, por ejemplo, publica una revista que debieras hojear algún día: *El General,* la biblia de los Manstein, Guderian y Kleist de bolsillo.

—Jan me habló una vez de Guderian.

El doctor Carvajal nos miraba como la roca de los suicidas.

—Jan es un amigo nuestro —expliqué—. Dice que... hay que frenar a los tanques de Guderian muchas veces, supongo que a lo largo de todo un siglo, aunque no sé qué tiene que ver con lo que estamos hablando.

—Lírica de carnicería —refunfuñó el doctor e hizo un gesto como dando a entender que le importaba un pito pero que podíamos discutir todo el tiempo que quisiéramos.

José Arco, al que le gustaba llevar la contraria, no volvió a abrir la boca. Yo dije unas pocas tonterías sobre lo primero que se me vino a la cabeza y nuestro anfitrión contó anécdotas sobre poetas-médicos y poetas-funcionarios muy conocidos a quienes nosotros no habíamos oído mentar jamás. Qué triste, pensé en un relámpago de lucidez o de miedo, algún día yo contaré historias acerca de poetas-lúmpenes y mis contertulios se preguntarán quiénes fueron esos infelices. Finalmente, cuando el silencio obstinado de mi amigo comenzó a exasperarme, solicité en préstamo unas cuantas revistas, no más de diez, a lo que el doctor Carvajal accedió sin ningún problema. «¿Piensan publicar algún artículo en el periódico?» No sé por qué le mentí: sí. «Entonces procuren exagerar sólo lo indispensable.» Los dos sonreímos. José Arco comenzó a escoger los ejemplares.

Ya en la calle mi amigo dijo:

—Pobre pendejo, no se da cuenta de nada.

Hacía una noche clara y la luna en aquel barrio más que luna parecía una sábana puesta a secar en la ventolera del cielo. La moto, como de costumbre, se había vuelto a estropear y la arrastrábamos turnándonos cada dos cuadras.

—Explícate, por favor, porque yo tampoco me doy cuenta de muchas cosas.

—Me entran ganas de matar a alguien.

Después de mucho rato, añadió:

—Me entran ganas de hacerme un tatuaje en el brazo.

Ahora era yo quien arrastraba la moto.

—¿Qué clase de tatuaje?

—La hoz y el martillo —su voz sonó despreocupada y soñadora. Pensé que era lo más justo: la noche se prestaba para los sueños y teníamos caminata para rato. Me reí.

—No, hombre, mejor esta leyenda: siempre me recordarán. ¿No te gusta?

—Joder, qué raro, he salido de la casa de ese imbécil superdeprimido pero también superfeliz.

Le dije que lo entendía y no hablamos hasta que le tocó su turno de llevar la moto.

—Cambio el tatuaje por una bandera mexicana con la hoz y el martillo —dijo.

Encendí un cigarrillo. Era agradable caminar sin tener que arrastrar la moto. Nos habíamos metido por un barrio de calles pequeñas, con árboles raquíticos y casas no mayores de tres pisos.

—Me gustaría marcharme de aquí de una puta vez —dijo José Arco—. Con la moto y con mi bandera mexicana.

—Dime qué no te gustó del doctor Carvajal.

—Su cara de calavera —pronunció cada palabra con una fe ciega—. Parecía un esqueleto de Posada tomándoles el pulso a los pobres poetas jóvenes.

—Sí —dije—, ahora que lo pienso...

—Era el esqueleto de Posada, mierda, que mientras baila le toma el pulso al mismísimo país.

De pronto sentí que en las palabras de José Arco había una franja cierta, verdadera. Intenté recomponer el rostro del doctor Carvajal, la sala de la casa, los objetos corrientes, la manera de saludarnos y de levantarse a buscar las revistas, sus ojos que tal vez escrutaban otra cosa, fuera de allí, mientras hablábamos.

—Me di cuenta cuando estabas contando lo de los juegos yanquis. Él no se dio cuenta que yo me di cuenta.

—¿Cuenta de qué?

—De la manera de mirarnos, de mirarte, como si todo lo que decías fuera archiconocido para él... Por un momento pensé que sí, que el muy cabrón lo sabía todo...

Sin darnos cuenta habíamos dejado de caminar. El cielo había experimentado un cambio súbito: en alguna parte del DF llovía y a juzgar por los truenos y los relámpagos el agua se iba a dejar caer encima de nosotros sin más tardanza. Mi amigo sonrió, se había sentado en el sillín de la moto y parecía esperar el aluvión.

—Sólo de pensarlo me da miedo —le dije.

—No es para tanto. Parece que va a llover.

—Tenía cara de esqueleto, es verdad —dije.

—Bueno, luego pensé que no era que lo supiera todo, sino que todo le importaba un pepino.

—Puede que sí, puede que no.

—Abundan los tipos así. Se llaman a sí mismos hijos de la Revolución Mexicana. Son interesantes, pero en realidad son hijos de la gran puta, no de la revolución.

—Puede que sí, puede que no —dije mientras miraba el cielo oscuro, oscuro, negrísimo—. Nos va a pillar el chaparrón.

—Yo no les tengo rabia, al contrario, me asombra ver cómo aguantan la soledad —José Arco extendió las manos con las palmas hacia arriba—. De una forma muy pero que muy retorcida, se han salido con la suya: son los padres anónimos de la patria. Ya me cayó una gota —se llevó la palma de la mano hacia la nariz y la olfateó como si la lluvia tuviera, y los tiene, más de un olor.

—Qué quieres que te diga... Maldita moto de mierda, vamos a quedar ensopados...

—Yo no podría.

—Qué no podrías... —las gotas de lluvia comenzaron a repiquetear sobre la carrocería oscura de un Ford de los cincuenta detenido frente a nosotros y que hasta ese momento no habíamos visto; era el único coche en la calle vacía.

—No podría estar tan solo, tan silencioso, tan ordenado conmigo mismo y con mi destino, si me permites la licencia.

—Joder...

En el rostro de José Arco apareció una sonrisa ancha y brillante.

—Vámonos, aquí cerca está el garaje de un amigo. A ver si arregla la moto y nos invita a un café.

Querido James Tiptree Jr.:

La lluvia nos enseña cosas. Es de noche y está lloviendo: la ciudad gira como una peonza brillantísima, pero algunas áreas parecen más opacas, más vacías; son como lunares intermitentes; la ciudad gira feliz en medio del diluvio y los lunares laten, desde aquí pareciera que se ensanchan como una sien enferma o como pulmones negros ajenos al brillo que intenta darles la lluvia. A veces tengo la impresión de que consiguen tocarse: llueve, caen relámpagos, y un círculo opaco en un esfuerzo supremo roza otro círculo opaco. Pero no pasan de allí. De inmediato se contraen en sus áreas y siguen latiendo. Tal vez les baste con rozarse, es posible que el mensaje, sea cual fuere, ya haya sido enviado. Y así, horas o minutos, todo lo que dure la lluvia. Hoy, creo, es una noche feliz. He leído, he escrito, he estudiado, he comido galletas y tomado té. Luego he salido a estirar las piernas por los pasillos de la azotea y cuando ha anochecido y se ha puesto a llover he subido a la azotea de la azotea, es decir al techo de mi cuarto, con un paraguas y unos prismáticos y allí he estado casi tres horas. Fue entonces que pensé en usted —ahora no recuerdo por qué— y en la carta que le envié hace bastantes días (ignoro si la ha recibido; ésta, para asegurarme, la mando a la agencia de los hermanos Spiderman). Sobre aquella primera carta, bueno, sólo quería decirle que espero de todo corazón que no haya tomado a mal o que no se sintiera ofendida porque la dirigiera a nombre de Alice Sheldon. Le juro que no ha sido un abuso de confianza. Sucede simplemente que yo, al contrario de muchos de sus actuales lectores, ya conocía sus textos de antes, cuando todo el mundo decía que James Tiptree Jr. era un jubilado que había empezado a escribir tarde. Y a mí me gustaba. Luego, por supuesto, me llevé una sorpresa cuando supe que en realidad era el pseudónimo —y en algunos cuentos, más que un pseudónimo, un heterónimo— de la psicóloga Alice Sheldon. Ya ve, simple sobreimposición de imágenes. Con la ventaja para Alice Sheldon de tener un nombre mucho más bonito y cálido. Y eso es todo. (A veces imagino al jubilado señor Tiptree escribiendo en una casita de Arizona. ¿Por qué Arizona? No lo sé. Debo haberlo leído en alguna parte. Tal vez por Fredric Brown, que vivió en Arizona unos cuantos años más o menos como jubilado, con todo lo que esta palabra tiene de destierro y de equilibrio. Por ejemplo: ¿no sería mejor mantener correspondencia con jubilados norteamericanos en lugar de con escritores de ciencia-ficción? ¿Podría convencerlos para que enviaran cartas a la Casa Blanca pidiendo el cese de la política de agresión a Latinoamérica? Es una posibilidad, no cabe duda, pero mantengámonos serenos.) La lluvia no para. Cuando estaba encaramado en el techo mirando con mis prismáticos las azoteas oscuras de los otros edificios se me vino a la cabeza una pregunta: ¿cuántos libros de

ciencia-ficción se han escrito en el Paraguay? A simple
vista parece una pregunta estúpida pero se acopló
de una manera tan perfecta al instante en que fue
formulada que aun pareciéndome estúpida volvió a
insistir, como una pegajosa canción de moda. ¿Eran
el Paraguay las ventanas cerradas del DF? ¿La literatura de ciencia-ficción del Paraguay era el temporal
y las azoteas que yo buscaba con el largavista? (En un
área de un kilómetro a la redonda en pocas ventanas
se veían las luces encendidas, tal vez entre diez y
quince y casi todas en una franja de Insurgentes Sur;
por el contrario, no vi luz en ninguna azotea.) La pregunta entonces me pareció terrorífica. Ahora no tanto. Pero ahora estoy sentado en mi cuarto y no afuera
bajo la lluvia. No lo sé. Le enviaré junto con esta carta una postal del DF. Es una fotografía tomada desde la Torre Latinoamericana. Se ve toda la ciudad. Es
de día, alrededor de las dos de la tarde, pero la foto o
la impresión de la postal tiene un pequeño defecto: la
imagen está movida. Esa sensación, pero a oscuras, es
la que he sentido esta noche. La tendré informada.

    Suyo,
Jan Schrella

El garaje de reparaciones de motos era un cuarto de seis metros de largo por tres de ancho. Al fondo había una puerta medio salida de sus goznes que daba paso a un patio interior en donde se había ido acumulando la basura. Margarito Pacheco, alias el Mofles, hacía dos años que vivía allí, justo desde el día en que cumplió diecisiete y se marchó de la casa de su madre, que por lo demás no estaba muy lejos, a unas tres cuadras de allí, en la misma Peralvillo. Trabajaba arreglando motos y de vez en cuando coches aunque como mecánico de coches era una birria. Él lo sabía y lo confesaba sin rubor: la noche en que José Arco y yo llegamos a su taller arrastrando la Honda hacía más de un año que no le ponía las manos encima a un automóvil. Su fuerte eran las motos aunque el trabajo no abundaba. Por economía o tal vez porque se hallaba a gusto había instalado su residencia en el garaje aunque para un visitante poco observador este detalle podía pasar inadvertido: las únicas señales visibles eran un catre de campaña instalado detrás de una ruma de neumáticos y un librero rodeado de viejos calendarios de automóviles, aceites y mujeres desnudas. El wáter estaba en el patio. Las duchas se las daba en casa de su madre.

A primera vista parecía un muchacho tímido, pero no lo era. Le faltaba toda la hilera de dientes superiores. Tal vez a esto se debía su retraimiento inicial, los monosílabos corteses con que contestaba a las preguntas, las sonrisas enigmáticas con que acompañaba nuestras carcajadas. Y esto solía durar hasta que el desconocido —en este caso yo— decía algo que en verdad encontraba interesante o divertido. Entonces se reía abiertamente o se ponía a hablar de una manera velocísima y en un español cargado de argot y de términos que se iba inventando durante la marcha. Tenía los ojos grandes, demasiado grandes, y a medida que uno lo iba conociendo su delgadez enfermiza daba paso a una hermosura singular, al mismo tiempo apacible y asimétrica. Los dientes los había perdido en una pelea a los quince años. El oficio de mecánico lo había aprendido en ese mismo garaje, primero mirando y luego ayudando a un mecánico de Tijuana que por lo que el Mofles contaba bien podía haber sido don Juan, de Castaneda. Cuando el mecánico murió, de esto hacía dos años, su mujer se desentendió de todo y en menos de una semana volvió al monte. El Mofles tenía las llaves del taller y allí se quedó esperando que viniera alguien a reclamarlo o por lo menos a cobrar el alquiler. Al principio durmió en el suelo, luego se trajo el catre de campaña y su ropa. Al cabo de un mes, aparte de un par de clientes, sólo llegó un tipo a tratar de colocar una moto robada. Así fue como se inició en el negocio.

Cuando lo conocí sólo tenía dos motos en el taller, la suya y la Princesa Azteca. Esta última era la Benelli de la que me había hablado José Arco. Le dije que me gustaba. El Mofles dijo que era una buena moto y que era extraño que aún estuviera allí, en el taller. Días después entendí qué había querido decir y me pareció una señal del destino que parpadeaba medio escondida entre las manchas de aceite y las tablas sucias del taller sólo para que yo la cogiera o la dejara. El Mofles, en lo tocante a las motos robadas, trabajaba únicamente con dos personas, el que traía la moto y el que se la llevaba. Siempre los mismos. Y siempre con un tiempo fijo. A principios de mes le traían la moto y a mediados de mes llegaba el tipo que pagaba y la moto se iba del taller. Con la Princesa Azteca, por primera vez en dos años, la rutina se había roto. El comprador no apareció a los quince días, ni siquiera después de un mes y la moto corría el peligro de quedarse huérfana o ser reducida a piezas de recambio y chatarra.

La compré esa misma noche.

El negocio, podría decirse, se hizo solo. No tenía dinero pero el Mofles tampoco tenía comprador. Le prometí pagarle una parte cuando cobrara y el resto en dos mensualidades. Su contrapropuesta fue mejor: que le diera lo que me fuera bien y cuando pudiera, la moto me la vendía al mismo precio que se la habían dejado a él, con la única condición de que me la llevara esa misma noche. Ante la mirada sonriente de José Arco, acepté. No tenía permiso para conducir, vaya, ni siquiera *sabía* conducir, pero confiaba ciegamente en mi suerte y en las señales que creía vislumbrar en aquel asunto. Si tuvieras teléfono todo sería perfecto, le dije.

—¿Teléfono? Qué va, aquí la luz eléctrica ya es un milagro.

179

No le pregunté si se refería al barrio o a su casa. José Arco hirvió agua y preparó tres nescafés. De una bolsa de plástico colgada en la pared el Mofles extrajo unas quesadillas frías que calentó encima de una plancha metálica. Tenían, pese a su aparente rigidez, buen aspecto. Mientras las calentaba me dijo que viniera algún día de éstos para echarle una mano de pintura a la moto.

—Me gusta como está —dije.

—Siempre es conveniente con una moto robada. Eso es lo que se hace.

—Qué buenas están las quesadillas —dijo José Arco—. ¿Las hizo su mamá, maestro?

El Mofles asintió. Luego movió la cabeza y dijo como si le pareciera lo más sorprendente del mundo:

—No sé por qué chingados no se me ocurrió antes quitarle la inscripción. Recién ahora me doy cuenta.

—¿Qué inscripción?

—Esa de la Princesa Azteca. Es como si estuviera cantando todo el rato.

—Es una inscripción bien hecha. Las letras hasta son metálicas.

—Quién sabe por qué no las arranqué.

—A mí me gusta así —dije—. Yo no las voy a quitar.

La lluvia, afuera, no amainaba. A veces los golpes de viento remecían todo el taller, como si fueran a arrancarlo de cuajo, y las puertas gemían con un sonido rasgado que semejaba una risa y acto seguido un grito rápido y profundo. Parece que estuvieran matando a palos a alguien, murmuró José Arco. Nos quedamos serios de repente, atentos sólo al temporal y a nuestras propias cabezas, como si no existiera el espacio intermedio que era el taller y las palabras que hubiéramos podido cruzarnos. En el patio el viento arrastraba latas vacías y papeles.

Después de cada ruido el Mofles miraba el techo. En ocasiones optaba por pasearse de una punta a la otra, con la taza de Nescafé en la mano, tratando de leer o fingiendo que lo hacía los anuncios pegados en las paredes y recubiertos por más de una capa de mugre. Sin embargo no parecía nervioso. Todo lo contrario. Aunque podría decirse que su serenidad era engañosa porque radicaba en su rostro: distante, pero no del tipo que produce el hielo o la ignorancia, sino una distancia de cristiano recién salido del tormento. Distancia de cuerpo golpeadísimo o saciadísimo.

—Qué bonito es el mundo, ¿no? —dijo el Mofles.

Eran las cinco de la mañana cuando nos fuimos. Durante un buen rato mis dos amigos me explicaron los rudimentos teóricos del conductor de motos. Según ellos el asunto estaba en no temer a los automóviles, saber acelerar, frenar y embragar. ¿Y el cambio de velocidades? Eso también es importante. Procura mantener el equilibrio. Procura echarles de vez en cuando un ojo a los semáforos. No te preocupes por la lluvia.

Salí al patio a comprobar cómo estaba el tiempo. La lluvia ya no era tan intensa. Le pregunté a José Arco qué pasaría si cuando estuviéramos en la calle se soltaba otra vez el temporal. No me contestó. El Mofles, después de haber puesto a punto la Honda, nos preguntó si querríamos escuchar algunos poemas suyos. (Cuando preguntaba estas cosas el Mofles parecía un sacerdote de provincias en presencia del Papa: aceptaba todas las críticas, jamás defendía un texto propio.) Entre los cinco o seis que leyó aquella noche hubo uno que me gustó mucho: hablaba de su novia Lupita y de su madre mirando desde lejos la construcción de un edificio. El resto eran versos en plan pop, letras de canciones, baladas. A José Arco le encantaban, a mí no. Cuando estemos fuera, dijo mi amigo, te voy a contar la mejor historia que se ha inventado el Mofles.

—¿Cuál?

—La historia donde se explica cómo el niño Georges Perec evita el duelo a muerte entre Isidore Isou y Altagōr en un barrio perdido de París.

—Preferiría leerla.

—No está escrita, es una historia oral.

El Mofles sonrió ruborizado, se limpió las manos con un paño y calentó agua para el último nescafé.

De pronto me di cuenta que tenía miedo, pánico; por mi cabeza pasaron mil formas distintas de hundirme en la desgracia y tan pronto me veía en una comisaría como en un hospital con todos los huesos rotos. Nos tomamos el café. En silencio escuché las últimas instrucciones. Cuando salimos la calle se veía oscura y desierta. Sin decir una palabra José Arco se montó en mi moto y la puso en marcha. El ruido del tubo de escape me estremeció. Luego se subió en la suya y avanzamos a vuelta de rueda hacia el final de la cuadra probando los motores, dimos la vuelta, siempre yo detrás de él, y regresamos hacia donde nos esperaba el Mofles.

—Me la has dejado como nueva —dijo José Arco.

Me mantuve en silencio, todos los sentidos ocupados en evitar que se me apagara el motor. Tengan cuidado y vuelvan pronto, dijo el Mofles. Claro que sí, dijo José Arco. ¿Cómo te sientes, Remo? Cagado de miedo, dije. Era extraño, escuchaba nuestras voces en sordina, incluso el ruido de las motos parecía llegar de muy lejos; en cambio, los sonidos de la calle dormida se magnificaban en mis oídos: gatos, los primeros pájaros madrugadores, agua que corría por una cañería, alguna puerta lejana, los ronquidos de un hombre en la casa vecina.

—Bueno, ya se te pasará; vamos a ir despacio, con las motos pegadas, uno al lado del otro.

—De acuerdo —dije.

—Ahí nos vemos, Mofles.

—Adiós.

Comenzamos a salir del barrio como si fuéramos en bicicleta. De vez en cuando José Arco me preguntaba qué tal me sentía. Pronto dejamos las calles vacías del barrio del Mofles y nos metimos en una avenida grande.

—No te separes de mí —dijo José Arco.

Las dos motos se metieron de un salto en la avenida. Sentí que me daban una patada en alguna parte dentro del cuerpo. Las manos me sudaban y tenía miedo de soltarme del manubrio. En varias ocasiones pensé en frenar pero la certeza de que si lo hacía iba a dejar a la Princesa Azteca tirada en la calle mientras yo regresaba a casa en metro me lo impidió. Al principio sólo podía ver la pista asfaltada, interminable y llena de silencios rotos de improviso, y el perfil borroso de mi amigo y de su Honda que a veces me adelantaba y otras veces dejaba que yo lo adelantase. Luego, como si en medio del desierto descorrieran un telón, apareció en el horizonte una mole gigantesca, aunque lejana, que parecía parpadear o ensayar todas las tonalidades de gris del mundo a través de la delgada cortina de lluvia. ¿Qué diablos es eso?, pensé a gritos. ¿La Tortuga de la Muerte? ¿El Gran Escarabajo? La cosa, calculé, era tan grande como una colina y se movía en línea recta hacia nosotros. Se impulsaba por medio de pseudópodos o tal vez mediante un colchón de vapor. Su ruta, vista desde mi posición, era invariable y regular. No necesité preguntarle a José Arco hacia dónde íbamos.

—¡La Villa! —indicó con el dedo índice a Godzilla.

—¡La Villa, la Villa! —grité feliz.

Sólo entonces me di cuenta que a nuestro lado pasaban coches, en las esquinas se encendían y se apagaban unos semáforos semiocultos y corroídos por el smog, en las veredas transitaban algunas sombras que incluso fumaban y los autobuses iluminados como barcos fluviales transportaban obreros rumbo a sus lugares de trabajo. En el centro de la calzada un adolescente borracho o drogado se puso a llamar a la muerte y luego cayó de rodillas, observando impasible el paso de los coches. Del interior de una cafetería recién abierta salían los acordes de una canción ranchera.

Nos detuvimos cerca de la explanada de la Basílica para estirar las piernas y ver cómo me habían sentado mis primeros minutos de motociclista. Le dije a José Arco que hacía un momento había confundido la Basílica con un monstruo. O con una explosión atómica petrificada caminando hacia nosotros. Más bien sería hacia el centro de la ciudad, ¿no? Es posible, dije, en cualquier caso nosotros estábamos en medio. Menos mal que no te pasó nada, ¿qué tal se comporta la Princesa Azteca?, ¿verdad que es una buena moto?

El aire, no sé por qué razón, parecía llegarnos desde un agujero entre las nubes. Encendí un cigarrillo y le dije que sí.

—Pues no era una bomba atómica —murmuró José Arco mientras le echaba un vistazo a mi moto— sino el castillo de la Virgen de Guadalupe, la madre de todos, la más chula.

—Sí —dije contemplando el amanecer que apenas se insinuaba—. Ha sido ella la que ha evitado que tuviera un accidente.

—No, maestrín, he sido yo y el Mofles, que somos unos pedagogos del volante.

Me registré los bolsillos en busca de monedas.

—Espérame un momento, voy a hacer una llamada telefónica.

—Bueno.

Cerca de allí encontré un teléfono público y llamé a Laura. Después de mucho rato descolgó el teléfono su madre. Le pedí disculpas por la hora y le pregunté si sería tan amable de llamar a Laura. Creo que es urgente, no lo sé, dije haciéndome el tonto. No tenía sueño pero de buena gana me hubiera tirado en mi colchón. Las calles estaban brillantes y cerca de mí un par de taxistas hablaban de fútbol, a uno le gustaba el América y el otro prefería el Guadalajara. Cuando Laura cogió el teléfono volví a disculparme, exactamente igual que si hablara de nuevo con su madre, y luego le dije que la quería.

—No sé cómo explicártelo. Estoy enamorado de ti.

Laura dijo:

—Qué bien que me hayas llamado.

—Sólo quería decirte eso, que te amo.

—Qué bien —dijo Laura—, qué bien.

Colgamos y volví donde estaban las motos.

—¿Qué tal? ¿Nos vamos?

—Sí —dije—, vámonos.

—¿Te ves con ánimos como para llegar a tu casa?

—Sí, sí.

—De todas maneras te voy a acompañar.

—No es necesario. Debes estar cansado.

—¿Cansado yo? No, hombre, además todavía no te he contado la historia de Isidore Isou y Altagōr.

—¿Qué historia de mierda es ésa?

—La del Mofles, hombre, no te duermas.

Rodamos sin prisa hacia el centro de la ciudad. El aire me despejó del todo. Era agradable conducir la moto y observar las calles y las ventanas que empezaban a despertarse. Los noctámbulos conducían sus coches de regreso a casa o a cualquier parte y los que trabajaban conducían sus coches rumbo al trabajo o se amontonaban en los peseros o esperaban la llegada del autobús que los llevaría al trabajo. El paisaje geométrico de los barrios, incluso los colores, tenían un aspecto provisorio, lleno de filigranas y de energía, y también se podía sentir, si uno aguzaba la vista y cierta locura latente, la tristeza en forma de destellos rápidos como si fuera Speedy Gonzales deslizándose sin razón ninguna o con alguna secreta razón por las grandes vías del DF. No una tristeza melancólica sino una tristeza demoledora, paradójica, que llamaba a la vida, la vida radiante, estuviera ésta donde estuviera.

—La historia es muy curiosa —gritó José Arco—. No voy a ofenderte preguntándote si sabes quiénes son Isou y Altagōr.

—Oféndeme no más, no tengo ni idea.

—¿De verdad? ¡Joder con los jóvenes intelectuales de Latinoamérica! —se rio José Arco.

—Bueno, Isou es francés —grité— y creo que hace una poesía visual.

—Frío, frío.

Luego dijo algo que no entendí —rumano— y nos cruzamos con un camión cargado de pollos y luego otro camión cargado de pollos y otro más y otro. Era un convoy. Los pollos se asomaban a las rejillas de sus jaulas y chillaban como adolescentes camino del matadero. Dónde está mi mamá gallina, parecían decir los pollos. Dónde se perdió mi huevo. Dios mío, pensé, no quiero chocar. Granja Avícola La Salud. La Honda de José Arco se puso a pocos centímetros de la mía.

—¡Isou es el Padre del Letrismo y Altagōr, el Padre de la Metapoesía!

—¡Ah, qué bien!

—¡Y se odian a muerte!

Nos detuvimos delante de un semáforo rojo.

—No sé dónde demonios ha leído el Mofles todas estas cosas. Sólo llegó a primero de prepa.

Verde.

—¿Dónde las has leído tú? —la Princesa Azteca tardó en arrancar. Avanzaba a brincos.

—¡Yo voy a la Librería Francesa! ¡Mientras los pendejos hacen cola en las conferencias de Octavio Paz yo me paso horas escarbando por ahí! ¡Soy, a todos los efectos, un caballero del siglo pasado!

—¿Y nunca te has topado con el Mofles?

—¡Jamás!

Un Mustang a más de cien apagó las últimas palabras de José Arco. Con el tiempo yo iba a saber que el Mofles únicamente iba a la Librería del Sótano y sólo de vez en cuando. La historia de Isou y Altagōr y Georges Perec era muy sencilla. Poco después del fin de la Segunda Guerra Mundial, en un París donde aún estaba vigente la cartilla de racionamiento, Isou y Altagōr coincidieron en uno de aquellos cafés legendarios. Pongamos que Isou se sentó en el extremo derecho de la terraza y Altagōr en la parte izquierda. Aun así, ambos pudieron percatarse de la presencia del otro. Las mesas del centro estaban ocupadas por turistas norteamericanos, pintores famosos, Sartre, Camus, Simone de Beauvoir, actores de cine y Johnny Hallyday.

—¿También Johnny Hallyday?

—Sí, así es de cabrón el Mofles.

Todo lo cual dejaba en el perfecto anonimato a nuestros dos poetas fonéticos. En realidad sólo ellos se daban cabal cuenta de que estaban allí y de que uno era el Padre de la Metapoesía y el otro, el Padre del Letrismo, casas más enfrentadas que las de Verona.

—¡Según el Mofles los dos eran jóvenes y ambiciosos! *¡Vanitas vanitatum!*

—¡Pinche Mofles!

Así que después de tragar con pesadumbre el pastís y de rumiar las tortas que en ambos casos constituían el único alimento de aquella noche, pidieron la cuenta, pero uno lo hizo en metalengua y el otro en caló letrista, según correspondiera, y acto seguido se negaron a pagar. Lo que pretendían, aparte de hacerse notar por los de las mesas del centro, era que los camareros se dirigieran a ellos en la respectiva lengua en la cual habían sido interpelados. Los insultos no tardaron en hacer su aparición. Los camareros, en un tono contenido y tratando de no llamar la atención, los insultaban a ellos. Isou trataba a los camareros de esclavos ignorantes y se mofaba de Altagōr. Éste, en el otro extremo, compadecía a gritos la estrechez mental de los camareros y amenazaba a Isou con el puño cerrado.

—¡Qué hijos de puta!

—Jua jua jua.

—Ji ji ji.

—¡Son los héroes del Mofles!

La aparición de Gastón, el maître, uno de los más fieros guerrilleros del maquis, puso fin a la disputa. La reputación de Gastón es terrible y nadie lo ignora. Muy a su pesar ambos poetas pagan y, para mayor inri, constatan que han quedado en evidencia ante las selectas mesas del centro. Con el alma por los suelos, Isou y Altagōr abandonaron el café; fue entonces, ya en la calle, que decidieron batirse en un duelo y matarse. (En su desolación compartida pensaron que uno de los dos sobraba en París.) La cita fue para aquella misma madrugada en el Campo de

Marte, cerca de la Torre Eiffel. Y es aquí donde entra en escena Georges Perec.

—¿Sabes quién es Georges Perec?

—Sí, pero no he leído nada de él.

—Era uno de los mejores —dijo José Arco muy serio; nuestras motos se movían a veinte kilómetros por hora pegadas al borde de la acera.

—Parecemos dos obreros del turno de noche volviendo a casa —dije.

—Más o menos —dijo José Arco.

Según el Mofles, Perec era un niño que madrugaba como los gallos. A primeras horas de la mañana se escabullía de puntillas de casa de sus abuelos, sacaba la bicicleta y se piraba por las calles de la ciudad sin importarle el tiempo que hiciera. La mañana en cuestión fue a pedalear por los alrededores del Campo de Marte. Y hete aquí que a la primera persona que encuentra es a Altagōr, sentado en una banca y recitando de memoria un poema propio para darse valor. El pequeño Perec se detiene junto a él y escucha. Suena así: Sunx itogmire ésinorsinx ibagtour onéor galire a ékateralosné. Que para los oídos del niño suena igual que si tú y yo y el Mofles nos hubiéramos encontrado diez años atrás con Mary Poppins en persona cantando extrasupercalifragilístico. Según el Mofles, el pequeño Perec, que pese a su corta edad es angustiosamente educado y pedante, se pone a aplaudir con un entusiasmo apenas reprimido, lo que llama la atención de Altagōr, que lo mira y le pregunta: ¿veriaka e tomé?

—Ay, ay, ay, qué Mofles más vacilón.

Tumissé Arimx, contesta el niño y toda la resolución de Altagōr se deshace. Considera al niño como signo, una señal que le indica seguir trabajando contra viento y marea. Así pues, se levanta, se alisa las ropas, se inclina ante el niño como ante el destino y se marcha a su cuarto a dormir. Poco después el niño encuentra a Isidore Isou, con quien ocurre algo similar. Es posible que Isou no interpelara al niño. Es posible que sólo lo entreviera dando vueltas en su bici por el Campo de Marte y cantando *echoum mortine flas flas echoum mortine zam zam* y que eso le bastara. Años después, cuando Georges Perec escribió su recuento *Je me souviens,* por motivos que se desconocen olvidó consignar esta historia.

—Perec no ha sido traducido al español y el Mofles no sabe francés. Te dejo con ese misterio para el desayuno.

Una luz amarilla oscura cubría todo el DF. Habíamos llegado. Yo no tenía ganas de desayunar sino ganas de dormir y de ser posible, con Laura. Le indiqué a José Arco que cosas peores estaba viendo en los últimos días.

—El universo del Mofles está lleno de cuentos como éste. Me pregunto si no será él uno de los directores de esas revistas fotocopiadas.

—Ya se lo preguntaremos —le dije.

Luego dejé la moto en el rellano de la planta baja, puede que con la secreta esperanza de que me la robaran, y subí las escaleras de dos en dos.

Cuando desperté lo primero que vi fue la cara de Jan con las mejillas coloreadas y el perfil griego de Angélica Torrente fumando un Delicado y luego la sonrisa de Laura serena y expectante y una especie de arco de energía muy delgado y muy negro que parecía unirlos y que atribuí a mis legañas y finalmente, mientras me cubría con la sábana hasta la nariz, vi la puerta abierta y las plantas del corredor que se estremecían y a la hija de una de las arrendatarias que se alejaba con un rollo de papel higiénico en una mano y una radio de transistores a todo volumen en la otra.

Hacía una hora que Angélica Torrente estaba allí. Durante todo ese tiempo había estado discutiendo con Jan. Por supuesto, aquélla no era la intención de la visita, sino otra muy distinta: un negocio de amor y confesiones. No obstante el asunto se desvió y ambos se encontraron, con pena y tozudez, discutiendo, y aunque generalmente lo hicieron a grito pelado no consiguieron despertarme. El motivo fue la mesa construida con libros de ciencia-ficción. Jan se la había mostrado con el sano orgullo de un seguidor de Chippendale y Angélica, después de estudiarla entre asombrada y ofendida, había dictaminado que aquello no se podía considerar más que como una bofetada a la literatura en general y a la ciencia-ficción en particular. «Los libros deben estar en los libreros, ordenados con gracia, listos para ser leídos o consultados. ¡No puedes tratarlos de esta manera, como piezas de mecano o como vulgares ladrillos!» Jan arguyó que masticando hojas de libro habían aliviado el hambre muchos ciudadanos de urbes sitiadas: en Sebastopol un joven aprendiz de escritor se tragó, en 1942, buena parte de *En busca del tiempo perdido,* de Proust, en la edición original francesa. La literatura de ciencia-ficción, creía Jan, se prestaba como ninguna a libreros aleatorios, como el librero-mesa, por ejemplo, sin que por ello se menospreciase el contenido de las páginas, la aventura. Según Angélica eso era una estupidez y algo poco, muy poco práctico. Las mesas eran para comer encima de ellas, mancharlas con salsas, clavar cuchillos sobre la superficie en arranques de rabia. ¡Dios mío!, había dicho Jan con un gesto de desprecio. ¡Eso no tiene nada que ver! ¡No entiendes nada! ¡Hay manteles!

Después de lo cual hubo un instante en que de las palabras quisieron pasar a los hechos. Durante una fracción de segundo se enzarzaron en un conato de lucha libre, máscara contra cabellera, que pudo terminar o alcanzar su clímax con los dos enredados sobre la colchoneta de Jan, las piernas presionando las piernas, las manos enroscadas en las espaldas y en los hombros y eventualmente arañándolos y los jeans bajados hasta la rodilla. Pero esto no ocurrió. Simplemente hicieron algunas fintas y se golpearon un par de veces en los antebrazos y la respiración se les volvió más agitada y el brillo de los ojos, más intenso. Luego llegó Laura y la discusión bajó de tono hasta extinguirse. A Laura la mesa apenas le llamó la atención. «He visto una moto en el rellano», dijo con voz de sibila, «seguro que es de Remo».

—No, no, no —suspiró Jan—, en absoluto. Mi dilecto compañero sólo sabe conducir bicicletas.

—¿Cuánto te apuestas? —Laura era así, cuando estaba segura de algo era capaz de dejarse matar antes de dar su brazo a torcer. Por suerte para ella, sus certezas eran pocas; eso sí, afiladas como el pico de un halcón.

—Pero, querida —dijo Jan—, si hasta ayer no tenía moto, cómo quieres que tenga una ahora.

—Estoy segura que es su moto.

—A no ser... —Jan pareció dubitativo— que la haya robado, pero aun así, ¿cómo puede alguien robar una moto sin saber conducir?

Por la cabeza de Jan pasó a la velocidad de un grito la escena en que yo compraba la moto y firmaba letras y contratos; esta posibilidad, como luego me confesaría, lo dejó helado, pues de pronto aceptó algo que nunca había querido admitir: nuestra situación económica desastrosa. Si la moto era mía, cosa que le parecía cada vez más factible, sin duda íbamos a estar endeudados hasta el cuello por lo menos durante cinco años y, como colofón, yo iba a necesitar ayuda económica, lo que significaba que él tendría que buscar trabajo.

—Dios mío, espero que no sea cierto —dijo.

—Es una moto muy bonita —dijo Laura.

—Es verdad, cuando subí había una moto en el rellano —recordó Angélica—, pero no me pareció bonita. Era una moto vieja y fea.

—¿Por qué dices que es fea? —dijo Laura.

—Así me lo pareció. Una moto vieja llena de pegatinas y adhesivos de toda clase.

—No la debes haber mirado bien. Tiene carácter esa moto. Además no tiene *muchas* pegatinas. En realidad sólo tiene una inscripción, muy original y en letras metálicas: la Princesa Azteca... Debe ser su nombre.

—¿El nombre de la moto?

—Qué chicas más observadoras —dijo Jan.

—Oye, me parece una cursilada ponerle nombre a una moto. Pero encima ponerle Princesa Azteca, ajjj —dijo Angélica.

—No, no puede ser de Remo —dijo Jan—. ¡Pero tú, Laura, te pasaste horas estudiando esa moto!

Laura se rio y dijo que sí, que el artefacto tan monstruo y tan oxidado allí en el rellano le llamó la atención: había algo en la moto que le producía pena y ganas de llorar. Angélica dijo «no chingues». Entonces me desperté.

Con cautela comencé a ejecutar la delicada operación de vestirme. Las dos chicas ya habían visto desnudo a Jan y supongo que pensaron que sería de mala educación cerrar los ojos o ponerse de cara a la pared mientras me levantaba. No les dije nada. Metí el pantalón debajo de la sábana y me las arreglé como pude.

—La moto es mía.

—¿Ves? —dijo Laura.

—Se la compré a un poeta salvaje de Peralvillo. La iré pagando a medida que tenga dinero.

—Es decir, nunca —dijo Jan.

—Trabajaré más. Me presentaré a todos los concursos literarios y premios florales. Me doy de plazo un año para ser famoso y tener unos ingresos similares a los de un funcionario en el peor lugar del escalafón. Todo eso, claro, si antes no me meten preso por conducir sin permiso una moto salida de la nada.

—Robada —dijo Jan.

—Exacto. Como tiene que ser. ¡Pero no la he robado yo! Llegó a mis manos por obra del destino. A ver, ¿tú te imaginas al Llanero Solitario comprando a Silver en una subasta de caballos? No, el Llanero Solitario encontró a Silver en la pradera. Ambos se encontraron y se gustaron. Lo mismo puede decirse de Red Ryder. Sólo el superpesado de Hopalong Cassidy es capaz de comprarse un caballo nuevo cada año.

—Pero si tú no sabes manejar una moto.

—Aprendí anoche, no es tan difícil. En realidad es un problema psicológico. La dificultad estriba en el carnet de conducir, en los policías, en los semáforos y en el miedo a los automovilistas. Si te olvidas de todo eso, puedes aprender a conducir motos en menos de media hora.

—Cierto —dijo Angélica—, es como la suerte de los borrachos. Si no tienes miedo de que te pase algo, no te pasará.

—La mayoría de los accidentes son por culpa de conductores alcoholizados —susurró Jan.

—No, semiborrachos, que es muy distinto. Los semiborrachos tienen pánico de meter la pata y por eso al final la meten. Los borrachos del todo piensan en otras cosas. Bueno, la verdad es que los borrachos del todo rara vez cogen un coche. Vuelven a sus camas arrastrándose.

Durante un rato seguimos hablando de mi moto y de los peligros que podía acarrearme conducirla por una ciudad como el DF. Entre las ventajas que vieron todos (menos yo) estaba la de saltarme las caravanas y atolladeros de tráfico y así llegar a tiempo a todas mis citas y futuros trabajos. Pero él no va a trabajar, dijo Laura con una sonrisa enigmática, va a escribir poemas y ganarse todos los concursos. Es verdad, dije yo, para eso no necesitaré la moto. Tal vez, cuando esté escaso de inspiración salga a darme una vuelta. ¿Concursos? ¿Qué concursos?, preguntó esperanzado Jan. Todos, dijo Angélica. Podrás ir al correo en moto y para que los manuscritos no se te vuelen conducirás sentado sobre ellos. Es verdad, además es apropiado, dije yo. Entre las desventajas estaba el precio de la gasolina que ninguno sabía ni siquiera aproximadamente.

Y así, hasta que Jan y Angélica se marcharon y comprendí que algo tenía que pasar entre Laura y yo. ¿Adónde van?, dije. Siempre había sido partidario de que Jan saliera del cuarto aunque sólo fuera una vez al día, pero esta vez hubiera preferido que se quedase. Los dos iban abrazados y parecían felices. Jan tenía a Angélica cogida de la cintura y la mano de ésta acariciaba el pelo de mi amigo. La escena me aterrorizó.

—Al rellano —dijo Jan—. Vamos a ver tu moto y si nos sobran ánimos nos daremos una vuelta por La Flor de Irapuato.

—No tarden —dije.

Cuando quedamos solos se hizo un silencio repentino y pesado como una bola de cemento. Laura se sentó en la colchoneta de Jan y yo me puse a mirar por la ventana. Laura se levantó y se acercó a la ventana. Yo me senté sobre mi colchoneta. Balbuceé algo sobre la moto y sobre ir a tomarnos un café a La Flor de Irapuato. Laura sonrió sin decir nada. No me cabía la menor duda, era la muchacha más hermosa que había visto en mi vida. Y la más directa.

—Anoche dijiste que querías hacer el amor conmigo. Que te morías de ganas. ¿Qué te pasa?

—Estoy desentrenado —tartamudeé—. Quiero hacerlo, es lo que más deseo, pero estoy desentrenado. Además, cómo te lo explicaría, soy una especie de mutilado de guerra.

Laura se rio y me pidió que se lo contara. Poco a poco empecé a sentirme mejor. Puse un té para los dos, hice unas cuantas observaciones banales sobre el tiempo y luego le confesé que no hacía mucho me habían pateado repetidas veces y con contumacia ambos testículos, una especie de recordatorio chileno, y que desde entonces se me había metido en la cabeza la idea de que nunca más se me iba a levantar, reacción previsible en un joven que adoraba a los hermanos Goncourt. La verdad es que se me levanta, reconocí, pero únicamente cuando estoy solo.

—¿Por qué te pegaron precisamente allí?

—Ah, misterio. Jan y yo andábamos como locos buscando a Boris, un amigo, y no sólo no lo encontramos sino que caímos nosotros.

—¿A Jan también le...?

—Sí, sí, recibimos la paliza juntos, por cada grito que daba Jan, daba uno yo.

—Pero Jan tiene erecciones normales —dijo Laura—. Me consta.

Ay, nunca me pareció Laura más bonita y más terrible. Durante un segundo sentí una oleada de celos y de rabia, ¿en qué momento me había birlado a mi novia el pequeño sátiro hipócrita? Compuse una sonrisa gélida y dije:

—¿De verdad?

Laura me contó entonces que la noche de la reunión en nuestro cuarto Jan y Angélica habían hecho el amor. Yo debía estar muy borracho o drogado o deprimido o enfrascado en la lectura de López Velarde, lo cierto es que no me di cuenta. Angélica se había sentido mal y su hermana y Jan la acompañaron al baño. La verdad es que el aire dentro del cuarto no podía estar peor. En uno de los gallineros para tender ropa Laura encontró a Lola Torrente, José Arco y Pepe Colina. Angélica y Jan se habían esfumado. César estaba bastante borracho y quería marcharse. Rogó, suplicó, amenazó con vomitar, pobre César, pero no hubo caso. Laura se lo prohibió de manera terminante. En un rincón lleno de baldes, cubos de agua y cajas vacías de detergente César intentó hacerle el amor mientras ella contemplaba la calle apoyada en la baranda. Se quedó con las ganas. Laura siguió vagando soñolienta por la azotea (¡como la princesa que recorre con una vela el castillo del príncipe con quien se va a casar!) hasta que en una de las vueltas llegó a lo que Jan alegremente llamaba las letrinas. Allí se detuvo, indecisa, y poco después percibió un ruido ahogado proveniente de una de ellas. Pensó que Angélica estaba peor de lo que parecía y se acercó a investigar. Nada más falso. Jan estaba sentado en el wáter, los pantalones bajados hasta los tobillos y con los dedos de la mano izquierda sostenía una cerilla. A horcajadas sobre él, Angélica cabalgaba encima de su verga enhiesta. De tanto en tanto, cuando la cerilla le quemaba las yemas de los dedos, Jan la soltaba y encendía otra. Discreta, Laura volvió con los demás. Al día siguiente Angélica le contó lo que ya sabía y algunos pormenores.

—¡Uff! Menos mal.

—¿Menos mal qué? ¿Que tu cuate del alma pese a las patadas funciona?

—No seas vulgar. Creí que *tú* te habías acostado con Jan.

—No, yo volví con César al sitio de los jabones. Un lugar acogedor, tendrías que mostrármelo a la luz del día. Allí lo obligué a que me *penetrara*. Por poco no nos caemos por el brocal. Fue rápido, rapidísimo, César estaba muy borracho y deprimido. Yo estaba pensando en ti, me sentía muy bien, creo que en mi interior me reía sin parar.

—¿Por qué no me lo contaste? Por la mañana estuvimos conversando durante horas...

—No era asunto tuyo. Además tenía sueño y me sentía bien contigo, para qué íbamos a empezar a discutir.

—Yo no hubiera discutido. Me hubiera puesto a llorar. Mierda.

—Tonto, fue como una despedida. Creo que ya había decidido que no saldríamos más. Pobre César

—suspiró maligna—, ni siquiera me despedía de él sino de su pene. Veinticinco centímetros, lo medí yo misma con la cinta métrica de mi mamá.

—Mierdamierda. Jamás te permitiré que te acerques con una cinta.

—No lo haré, te lo juro.

Querido Philip José Farmer:

La guerra puede ser detenida con sexo o con religión. Todo parece indicar —qué tiempos más inclementes, santo cielo— que éstas son las dos únicas alternativas ciudadanas. Por ahora descartemos la religión. Nos queda el sexo. Intentemos darle un empleo útil. Primera pregunta: ¿qué puede hacer usted en particular y los escritores de ciencia-ficción de los Estados Unidos en general al respecto? Propongo la creación inmediata de un comité que centralice y coordine todos los esfuerzos. Como primera medida, digamos, para preparar el terreno, es necesario reunir en una antología a los diez o veinte autores que de manera más radical y con evidente gozo para sí mismos hayan tratado el tema de las relaciones carnales y el futuro. (Que el comité seleccione libremente, yo sólo quisiera sugerir la imprescindible inclusión de algún texto de Joanna Russ y de Anne McCaffrey, tal vez más adelante, en otra carta, le explique por qué.) Dicha antología, que podría titularse *Orgasmos americanos en el espacio* o *Un futuro radiante,* debe fijar la atención del lector en el placer y debe recordar con constantes retrospectivas hacia el pasado, es decir hacia nuestros días, el camino de esfuerzos y de paz que ha sido necesario recorrer para llegar a esa tierra de nadie del amor. En cada relato debe haber por lo menos un acto sexual (o en su defecto de ardiente y devota camaradería) entre latinoamericanos y norteamericanos. Ejemplos: el legendario piloto espacial Jack Higgins, comandante de la aeronave Fidel Castro, sostiene interesantes encuentros físicos y espirituales con la ingeniera de navegación Gloria Díaz, de nacionalidad colombiana. O: náufragos en el asteroide BM101, Demetrio Aguilar y Jennifer Brown practican el kamasutra durante diez años. Historias con final feliz. Realismo socialista desesperado al servicio de una felicidad desmadrada y deseable. ¡Ninguna nave sin tripulación mezclada y ninguna nave sin su sobredosis de ejercicios amatorios! Al mismo tiempo el comité debe entrar en contacto con los demás escritores de ciencia-ficción de Estados Unidos, aquellos a quienes el sexo los deja fríos o que no lo tocan por razones de estilo, de ética, comerciales, anímicas, argumentales, estéticas, filosóficas, etcétera. Es necesario hacerles ver la importancia de escribir sobre las orgías que pueden practicar, si nos empeñamos *ahora,* los futuros ciudadanos de Latinoamérica y de Estados Unidos. Si se niegan en redondo habría que intentar convencerlos, por lo menos, de que escriban a la Casa Blanca pidiendo el cese de las agresiones. O que recen junto con los obispos de Washington. Que recen pidiendo la paz. Pero ésa es la otra alternativa y por el momento la vamos a guardar en la recámara. Aprovecho estas líneas para manifestarle mi admiración. No lo leo, devoro sus páginas. Tengo diecisiete años y tal vez algún día llegue a escribir buenos relatos de ciencia-ficción. Hace una semana dejé de ser virgen.

Un abrazo,

Jan Schrella, alias Roberto Bolaño

Manifiesto mexicano

Laura y yo no hicimos el amor aquella tarde. Lo intentamos, es verdad, pero no resultó. O al menos eso fue lo que creí entonces. Ahora no estoy tan seguro. Probablemente hiciéramos el amor. Eso fue lo que dijo Laura y de paso me introdujo en el mundo de los baños públicos, a los que desde entonces y durante mucho tiempo asociaría el placer y el juego.

El primero fue sin duda el mejor. Respondía al nombre de Gimnasio Moctezuma y en el recibidor algún artista desconocido había realizado un mural en donde se veía al emperador azteca sumergido hasta el cuello en una piscina. En los bordes, cercanos al monarca pero mucho más pequeños, se lavaban hombres y mujeres sonrientes. Todo el mundo parecía despreocupado, excepto el rey, que miraba con fijeza hacia afuera del mural, como si persiguiera al improbable espectador, con unos ojos oscuros y muy abiertos en donde muchas veces creí ver el terror. El agua de la piscina era verde. Las piedras eran grises. En el fondo se apreciaban montañas y unos nubarrones de tormenta.

El muchacho que atendía el Gimnasio Moctezuma era huérfano y ése era su principal tema de conversación. A la tercera o cuarta visita nos hicimos amigos. No tenía más de dieciocho años, deseaba comprarse un automóvil y para eso ahorraba todo lo que podía, las propinas, que no eran muchas; según Laura, era medio subnormal. A mí me caía simpático. En todos los baños públicos suele haber alguna bronca de vez en cuando. Allí nunca vimos o escuchamos ninguna. Los clientes, condicionados por algún desconocido mecanismo, respetaban y obedecían al pie de la letra las instrucciones del muchacho. Tampoco, es cierto, iba demasiada gente, y eso es algo que jamás sabré explicarme pues era un sitio limpio, relativamente moderno, con cabinas individuales para tomar baños de vapor, con servicio de bar a las cabinas y, sobre todo, barato.

Allí, en la cabina 10, vi a Laura desnuda por vez primera y sólo atiné a sonreír y tocarle el hombro y decirle que no sabía qué llave debía mover para que saliera el vapor. Las cabinas, aunque más correcto sería decir los reservados, eran un conjunto de dos cuartos diminutos unidos por una puerta de cristal; en el primero solía haber un diván, un diván viejo con reminiscencias de psicoanálisis y de burdel, una mesa plegable y un perchero; el segundo cuarto era el baño de vapor propiamente dicho, con una ducha de agua caliente y fría y una banca de azulejos adosada a la pared debajo de la cual se disimulaban los tubos por donde salía el vapor.

Pasar de una habitación a otra era extraordinario, sobre todo si en una el vapor ya era tal que nos impedía vernos. Entonces abríamos la puerta y entrábamos al cuarto del diván, donde todo era nítido, y detrás de nosotros, como los filamentos de un sueño, se colaban nubes de vapor que no tardaban en desaparecer. Tendidos allí, tomados de la mano, escuchábamos o intentábamos escuchar los ruidos apenas perceptibles del Gimnasio mientras nuestros cuerpos se iban enfriando. Casi helados, sumidos en el silencio, podíamos oír, por fin, el run run que brotaba del piso y de las paredes, el murmullo gatuno de las cañerías calientes y de las calderas que en algún lugar secreto del edificio alimentaban el negocio.

—Algún día me perderé por aquí —dijo Laura.

Su experiencia en incursiones a baños públicos era mayor que la mía, cosa bastante fácil, pues hasta entonces yo jamás había cruzado el umbral de un establecimiento semejante. No obstante ella afirmaba que de baños no sabía nada. No lo suficiente. Con César había estado un par de veces y antes que César con un tipo que le doblaba en edad y al que siempre se refería con frases misteriosas. En total no había ido más de diez veces, todas al mismo lugar, el Gimnasio Moctezuma.

Juntos, montados en la Benelli, que por entonces ya dominaba, intentamos recorrer todos los baños del DF, guiados por un afán absoluto que era una mezcla de amor y de juego. Nunca lo logramos. Por el contrario, a medida que avanzábamos se fue abriendo alrededor nuestro el abismo, la gran escenografía negra de los baños públicos. Así como el rostro oculto de otras ciudades son los teatros, los parques, los muelles, las playas, los laberintos, las iglesias, los burdeles, los bares, los cines baratos, los edificios viejos y hasta los supermercados, el rostro oculto del DF se hallaba en la enorme red de baños públicos, legales, semilegales y clandestinos.

El método empleado al inicio de la travesía fue sencillo: le pedí al muchacho del Gimnasio Moctezuma que me diera un par de direcciones de baños *baratos*. Me dio cinco tarjetas y anotó en un papel las señas de una decena de establecimientos. Éstos fueron los primeros. A partir de cada uno de ellos la búsqueda se bifurcó innumerables veces. Los horarios variaban tanto como los edificios. A algunos llegábamos a las diez de la mañana y nos íbamos a la hora de comer. Éstos, por regla general, eran locales claros, desconchados, donde a veces podíamos escuchar risas de adolescentes y toses de tipos solitarios y perdidos que al poco rato, repuestos, se ponían a cantar boleros. Allí la divisa parecía ser el limbo, los ojos cerrados del niño muerto. No eran sitios muy limpios o puede que la limpieza la hicieran pasado el mediodía. En otros hacíamos nuestra aparición a las cuatro o cinco de la tarde y no nos íbamos hasta que anochecía. (Ése era nuestro horario más usual.) Los baños a esa hora parecían disfrutar —o padecer— una sombra permanente. Quiero decir, una sombra de artificio, un domo o una palmera, lo más parecido a una bolsa marsupial, que al principio uno agradecía pero que al cabo del tiempo terminaba pesando más que una losa fúnebre. Los baños de las siete de la tarde, siete y media, ocho de la noche eran los más concurridos. En la vereda, junto a la puerta, montaban guardia los jóvenes hablando de béisbol y de canciones de moda. Los pasillos resonaban con las bromas siniestras de los obreros recién salidos de las fábricas y talleres. En el recibidor, aves de paso, los viejos maricas saludaban por su nombre de pila o de guerra a los recepcionistas y a los que dejaban pasar el tiempo sentados en los sillones. Perderse por los pasillos, alimentar una cierta indiscreción en dosis pequeñas —como pellizcos—, no dejaba de ser altamente instructivo. Las puertas abiertas o semiabiertas, semejantes a corrimientos de tierra, grietas de terremoto, solían ofrecer cuadros vivos al feliz observador: grupos de hombres desnudos donde el movimiento, la acción, corría a cargo del vapor; adolescentes perdidos como jaguares en un laberinto de duchas; gestos, mínimos pero terroríficos, de atletas, culturistas y solitarios; las ropas colgadas de un leproso; viejitos bebiendo Lulú y sonriendo apoyados en la puerta de madera del baño turco...

Era fácil hacer amistades y las hicimos. Las parejas, si se cruzaban un par de veces por los pasillos, ya se creían con la obligación de saludarse. Esto era debido a una especie de solidaridad heterosexual; las mujeres, en muchos de los baños públicos, estaban en completa minoría y no era raro oír historias extravagantes de ataques y de acosos, aunque, la verdad, esas historias no eran nada fiables. Las amistades de esta clase no pasaban de una cerveza en el bar o una copa. En los baños nos saludábamos y como máximo tomábamos cabinas vecinas. Al cabo de un rato los primeros en terminar tocaban la puerta de la pareja amiga y sin esperar que la abrieran avisaban que estarían en el restaurante X. Luego los otros salían, iban al restaurante, se tomaban un par de copas y se despedían hasta la próxima. A veces la pareja hacía confidencias, la mujer o el hombre, sobre todo si estaban casados, pero no entre sí, contaban su vida y uno tenía que asentir, decir que el amor, que una pena, que el destino, que los niños. Tierno pero aburrido.

Las otras amistades, más turbulentas, eran de las que visitaban tu propio reservado. Éstas podían llegar a ser tan aburridas como las primeras, pero muchísimo más peligrosas. Se presentaban sin preámbulos, simplemente llamaban a la puerta, un toque extraño y rápido, y decían ábreme. Pocas veces iban solos, casi siempre eran tres, dos hombres y una mujer, o tres hombres; los motivos esgrimidos para semejante visita solían ser poco creíbles o estúpidos: fumar un poco de yerba, cosa que no podían hacer en las duchas colectivas, o vender lo que fuera. Laura siempre los dejaba pasar. Las primeras veces yo me ponía tenso, dispuesto a pelear y a caer manchado de sangre por las losas del reservado. Pensaba que lo más lógico era que entraran a robarnos o a violar a Laura e incluso a violarme a mí y los nervios los tenía a flor de piel. Los visitantes de alguna manera eso lo sabían y sólo se dirigían a mí cuando la necesidad o los buenos modales lo hacían indispensable. Todas las proposiciones, tratos y cuchicheos iban dirigidos a Laura. Era ella quien les abría, era ella quien les preguntaba qué chingados se les ofrecía, era ella quien los hacía pasar al cuartito del diván (yo escuchaba, desde el vapor, cómo se sentaban, primero uno, luego otro, luego otro y la espalda de Laura, quietísima, se traslucía a través de la puerta de vidrio que separaba el vapor de aquella antesala convertida de pronto en un misterio). Finalmente me levantaba, me ponía una toalla en la cintura y entraba. O un

hombre, un muchacho y una muchacha que al verme saludaban indecisos, como si, contra toda razón,
desde el principio hubieran ido allí por Laura y no
por los dos; como si sólo hubieran esperado encon-
trarla a ella. Sentados en el diván sus ojos oscuros no
se perdían ni uno solo de sus gestos mientras con las
manos, autónomas, liaban la yerba. Las conversa-
ciones parecían cifradas en un lenguaje que no conocía, ciertamente no en el argot de los jóvenes, que
por entonces dominaba, aunque ahora apenas recuer-
de, sino en una jerga mucho más mimosa en donde
cada verbo y cada frase tenían un deje de funeral y
de hoyo. (Jan dijo, delante de Laura, que podía ser el
Hoyo Aéreo, una de las caras locas del Hoyo Inmaculado. Puede que sí. Puede que no.) En cualquier
caso yo también conversaba o intentaba hacerlo. No
era fácil, pero lo intentaba. A veces, junto con la mo-
ta, sacaban botellas de alcohol. Las botellas no eran
gratis, sin embargo nosotros no pagábamos. El negocio de los visitantes consistía en vender marihuana, whisky, huevos de tortuga, en las cabinas, pocas
veces con el beneplácito del recepcionista o de los
encargados de la limpieza, que los perseguían im-
placables; por tal motivo les era de suma importancia que alguien los cobijara; también vendían teatro,
la pasta, en realidad, salía de allí, o concertaban re-
presentaciones privadas en los departamentos de
soltero de los contratantes. El repertorio de estas
compañías ambulantes podía ser raquítico o varia-
dísimo, pero el eje dramático de su puesta en escena
siempre era el mismo: el hombre mayor se quedaba
en el diván (pensando, supongo), mientras el mu-

chacho y la muchacha, o los dos muchachos, seguían a los espectadores a la cámara de vapor. La representación, por regla general, no duraba más de media hora o tres cuartos de hora, con o sin participación de los espectadores. Terminado el plazo, el hombre del diván abría la puerta y anunciaba al respetable público, entre toses producidas por el vapor que de inmediato intentaba colarse al otro cuarto, el fin del espectáculo. Los bis bis se pagaban caros aunque sólo duraran diez minutos. Los muchachos se duchaban de prisa y luego recibían sus ropas de manos del hombre, que se ponían con la piel aún sin secar. Los últimos minutos los aprovechaba el cabizbajo pero emprendedor director artístico en ofrecer a los satisfechos espectadores los manjares de su cesto o maleta: whisky servido en vasitos de papel, canutos de maría liados con mano experta, y huevos de tortuga que abría valiéndose de la uña enorme que festoneaba su pulgar, y que, ya en el vaso, rociaba con jugo de limón y chile.

En nuestro reservado las cosas eran distintas. Hablaban a media voz. Fumaban marihuana. Dejaban que el tiempo pasara consultando de vez en cuando sus relojes mientras los rostros se iban cubriendo de gotitas de sudor. A veces se tocaban, nos tocábamos, cosa por lo demás inevitable si todos estábamos sentados en el diván, y el roce de las piernas, de los brazos, podía llegar a ser doloroso. No el dolor del sexo sino el de lo irremisiblemente perdido o el de la única pequeña esperanza vagando —caminando— por el país Imposible. A los conocidos Laura los invitaba a desnudarse y entrar con nosotros al vapor.

Raras veces aceptaron. Preferían fumar y beber y oír historias. Descansar. Al cabo de un rato cerraban la maleta y se marchaban. Luego, dos o tres veces en la misma tarde, volvían y la rutina era la misma. Laura, si estaba de humor, les abría, si no ni siquiera se molestaba en decirles a través de la puerta que no jodieran. Las relaciones, salvo uno o dos altercados aislados, fueron en todo momento armoniosas. A veces creo que ellos apreciaban a Laura mucho antes de conocerla.

Una noche, el viejo que los llevaba (aquella vez eran tres, un viejo y dos muchachos) nos ofreció una función. Nunca habíamos visto una. ¿Cuánto cuesta?, dije yo. Nada. Laura dijo que pasaran. El cuarto del vapor estaba frío. Laura se quitó la toalla y giró la llave de entrada: el vapor comenzó a salir al nivel del suelo. Tuve la sensación de que estábamos en un baño nazi y que nos iban a gasear; ésta se acentuó al ver entrar a los dos muchachos, muy flacos y morenos, y cerrando la marcha el viejo alcahuete cubierto sólo con unos calzoncillos indescriptiblemente sucios. Laura se rio. Los muchachos la miraron, un poco cohibidos, de pie en medio del cuarto. Luego también se rieron. Entre Laura y yo, y sin quitarse su horrorosa prenda íntima, se sentó el viejo. ¿Quieren mirar no más o mirar y participar? Mirar, dije yo.

—Ya veremos —dijo Laura, muy dada a estos albures.

Los muchachos, entonces, como si hubieran escuchado una voz de mando, se arrodillaron y comenzaron a enjabonarse mutuamente los sexos. En sus gestos, aprendidos y mecánicos, se traslucía el cansancio y una serie de temblores íntimos que era fácil relacionar con la presencia de Laura. Pasó un minuto. El cuarto volvió a recobrar su espesura de vapor. Los actores, inmóviles en la postura inicial, parecían, no obstante, helados: arrodillados frente a frente, pero arrodillados de una manera grotescamente artística, con la mano izquierda se masturbaban mientras con la derecha mantenían el equilibrio. Semejaban pájaros. Pájaros de láminas de metal. Deben estar cansados, no se les levanta, dijo el viejo. En efecto, las vergas enjabonadas sólo tímidamente apuntaban hacia arriba. Chavos, no la amuelen, insistió el viejo. Laura volvió a reírse. ¿Cómo quieres que nos concentremos si te estás riendo a cada rato?, dijo uno de los muchachos. Laura se levantó, pasó junto a ellos y se apoyó en la pared. Ahora, entre ella y yo estaban los cansados ejecutantes. Sentí que el tiempo, dentro de mí, se rajaba. El viejo murmuró algo. Lo miré. Tenía los ojos cerrados y parecía dormido. Desde hace un montón de tiempo no dormimos, dijo uno de los muchachos soltando el pene de su compañero. Laura le sonrió. A mi lado el viejo empezó a roncar. Los muchachos sonrieron aliviados y adoptaron una postura más cómoda. Oí cómo les crujían los huesos. Laura se dejó resbalar por la pared hasta dar con las nalgas en las baldosas. Estás muy flaco, le dijo a uno. ¿Yo? Éste también, y tú, respondió el muchacho. El silbido del vapor, en ocasiones, hacía difícil distinguir las voces, demasiado bajas. El cuerpo de Laura, la espalda apoyada en la pared, las rodillas levantadas, estaba cubierto de transpiración: las gotas resbalaban por su nariz, por su cuello, se acanalaban entre sus senos e incluso colgaban de los pelos del pubis, de donde se arrojaban sobre las baldosas calientes. Nos estamos derritiendo, murmuré, y de inmediato me sentí triste. Laura asintió con la cabeza. Qué dulce parecía. ¿En dónde estamos?, pensé. Con el dorso me limpié las gotitas que caían de mis cejas a los ojos y no me dejaban ver. Uno de los muchachos suspiró. Qué sueño tengo, dijo. Duerme, dijo Laura. Era extraño: creí que las luces decrecían, perdían intensidad; temí desmayarme; luego supuse que sería el excesivo vapor el causante del cambio de colores y tonos, ahora mucho más oscuros. (Como si estuviéramos viendo el atardecer, aquí, encerrados, sin ventanas, pensé.) Whisky y maría no son buena compañía. Laura, como si leyera mi pensamiento, dijo:

—No te preocupes, Remo querido, todo está bien.

Y luego volvió a sonreír, no una sonrisa de burla, no como si se divirtiera, sino una sonrisa terminal, una sonrisa anudada entre una sensación de belleza y de miseria, pero ni siquiera belleza y miseria así tal cual, sino bellecita y miserita, enanas paradójicas, enanas caminantes e inaprehensibles.

—Quédate tranquilo, mi amado, es sólo el vapor.

Los muchachos, dispuestos a considerar irrebatible todo lo que Laura dijera, asintieron repetidas veces. Luego, uno de ellos se dejó caer sobre las baldosas, la cabeza apoyada en un brazo, y se durmió. Me levanté, cuidando no despertar al viejo y me acerqué a Laura; en cuclillas junto a ella hundí la cara en su cabellera húmeda y olorosa. Sentí los dedos de Laura que me acariciaban el hombro. Al poco rato me di cuenta que Laura jugaba, muy suavemente, pero era un juego: el meñique se paseaba por mi hombro, luego pasaba el anular y se saludaban con un beso, luego aparecía el pulgar y ambos, meñique y anular, huían brazo abajo, el pulgar se quedaba dueño del hombro y se ponía a dormir, incluso, creo yo, comía alguna verdura que crecía por allí pues la uña se clavaba en mi carne, hasta que retornaban el meñique y el anular acompañados por el dedo medio y el dedo índice y entre todos espantaban al pulgar, que se escondía detrás de una oreja y desde allí espiaba a los dedos abusones, sin *comprender* por qué lo habían echado, mientras los otros bailaban en el hombro, y bebían, y hacían el amor, y perdían, de puro borrachos, el equilibrio, despeñándose espalda abajo, accidente que Laura aprovechó para abrazarme y tocar apenas mis labios con sus labios, en tanto los cuatro dedos, magulladísimos, volvían a subir, agarrados de mis vértebras, y el pulgar los observaba sin ocurrírsele en ningún momento dejar su oreja, con la que ya se había encariñado. Cabeza con cabeza, nos reímos sin hacer ruido. Estás brillante, susurré. Te brilla la cara. Los ojos. La punta de los pezones. Tú también, dijo Laura, un poco pálido tal vez, pero brillas. Es el vapor mezclado con el sudor. El muchacho nos observaba en silencio. ¿Lo quieres de verdad?, preguntó. Sus ojos eran enormes y negros. Me senté en el suelo, pegado a Laura. Sí, dijo ésta. Él te debe querer con frenesí, dijo el muchacho, Laura se rio. Sí, dije yo. No es para menos, dijo el muchacho. No, no es para menos, dije yo. ¿Sabes qué gusto tiene el vapor mezclado con sudor? Depende del sabor particular de cada uno, ¿no? El muchacho se recostó junto a su compañero, de lado, la sien apoyada directamente sobre la baldosa, sin cerrar los ojos. Su verga, ahora, estaba dura. Con las rodillas tocaba las piernas de Laura. Parpadeó un par de veces antes de hablar. Cojamos un poco, dijo. Si quieres. Laura no contestó. El muchacho parecía hablar para sí mismo. ¿Sabes a qué sabe el vaporcete mezclado con sudorcete? ¿A qué sabrá, realmente? ¿Cuál será su gusto? El calor nos estaba adormeciendo. El viejo había resbalado hasta quedar del todo acostado sobre la banca. El cuerpo del muchacho dormido se había ovillado y uno de sus brazos pasaba por encima de la cintura del que nos hablaba. Laura se levantó y nos contempló largamente desde arriba. Pensé que iba a abrir la ducha con resultados trágicos para los que tan bien dormían. Hace calor, dijo. Hace un calor insoportable. Si no estuvieran aquí (se refería al trío) pediría que me trajeran un refresco del bar. Puedes hacerlo, dije yo, no se van a meter hasta aquí, te lo entregan en la puerta. No, dijo Laura, no es eso, la verdad es que no sé lo que quiero. ¿Paro el vapor? No. El muchacho, la cabeza ladeada, miraba fijamente mis pies. Tal vez quiera hacer el amor contigo, dijo Laura. Antes de que pudiera responderle, el muchacho, casi sin mover los labios, pronunció un lacónico no. Estaba bromeando, dijo Laura. Luego se arrodilló junto a él y con una mano le acarició las nalgas. Vi, fue una visión fugaz y perturbadora, cómo las gotas de sudor del muchacho pasaban al cuerpo de Laura y viceversa. Los largos dedos de la mano y las nalgas del muchacho brillaban húmedas por igual. Debes estar cansado, ese viejo está loco, cómo podía pretender que se pusieran a coger aquí.

—Para que lo viéramos nosotros —le recordé.

Laura no me escuchó. Su mano resbalaba por las nalgas del muchacho. No es culpa suya, susurró éste, el pobre ya ha olvidado lo que es una cama. Y lo que es ponerse calzoncillos limpios, añadió Laura con una sonrisa. Más le valdría no llevar nada, como Remo. Sí, afirmé, es más cómodo. Menos comprometido, dijo el muchacho, pero qué maravilla ponerse calzoncillos limpios y blancos. Y estrechos, pero que no aprieten. Laura y yo nos reímos. El muchacho nos reprendió con suavidad: no se rían, es algo serio. Sus ojos parecían borrados, ojos grises como de cemento bajo la lluvia. Laura cogió su verga con las dos manos y la estiró. Me escuché diciendo ¿paro el vapor?, pero la voz era débil y lejana. ¿Dónde chingados duerme tu mánager?, dijo Laura. El muchacho se encogió de hombros; me haces un poco de daño, susurró. Sujeté a Laura de un tobillo, con la otra mano me limpié el sudor que se me metía en los ojos. El muchacho se irguió hasta quedar sentado, con gestos medidos, evitando despertar a su compañero, y besó a Laura. Incliné la cabeza para verlos mejor: los labios del muchacho, gruesos, succionaron los labios de Laura, cerrados, en donde se insinuaba, apenas, una sonrisa. Entrecerré los ojos. Nunca la había visto sonreír tan pacíficamente. De pronto el vapor la ocultó. Sentí una especie de terror ajeno, ¿miedo a que el vapor matara a Laura? Cuando los labios se separaron, el muchacho dijo que no sabía dónde dormía el viejo. Se llevó una mano al cuello e hizo el gesto de rebanarlo. Luego acarició el cuello de Laura y la atrajo aún más hacia él. El cuerpo de Laura, elástico, se adaptó a la nueva postura. Su mirada estaba fija en la pared, en lo que el vapor permitía ver de la pared, el torso hacia delante, los senos rozando el pecho del muchacho o presionándolo suavemente y que el vapor, por momentos, hacía invisibles o cubría a medias o plateaba o hundía en algo parecido a un sueño. Finalmente me fue imposible verla. Primero una sombra encima de otra sombra. Luego nada. La cámara parecía a punto de estallar. Esperé unos segundos pero nada cambió, al contrario, tuve la impresión de que cada vez se espesaba más el vapor. (Me pregunté cómo diantres podían seguir durmiendo el viejo y el otro muchacho.) Extendí una mano; toqué la espalda de Laura, arqueada encima de lo que supuse sería el cuerpo del muchacho. Me levanté y di dos pasos siguiendo la pared. Sentí que Laura me llamaba. Remo, Remo... ¿Qué quieres?, dije. Me estoy ahogando. Retrocedí, con menos precaución que al avanzar, y me incliné tanteando en el sitio donde supuse que debía estar. Sólo toqué las baldosas calientes. Pensé que estaba soñando o volviéndome loco. ¿Laura? Junto a mí sonó la voz del muchacho: según quién, el sabor del vapor mezclado con el sudor es distinto. Volví a levantarme, esta vez dispuesto a tirar patadas a ciegas con tal de darle a alguien, pero me contuve. Detén el vapor, dijo Laura desde alguna parte. A tropezones pude llegar hasta la banqueta. Al agacharme para buscar las llaves de paso, casi pegado a mi oreja, oí los ronquidos del viejo. Aún vive, pensé y apagué el vapor. Al principio no ocurrió nada. Luego, antes de que las siluetas recobraran su visibilidad, alguien abrió la puerta y abandonó la cámara de vapor. Esperé. Quienquiera que fuese estaba en el otro cuarto y hacía bastante ruido. Laura, llamé muy bajito. Nadie respondió. Por fin pude ver al viejo, que seguía durmiendo. En el suelo, uno en posición fetal y el otro extendido, los dos actores. El insomne parecía dormir de verdad. Salté por encima de ellos. En el cuarto del diván Laura ya estaba vestida. Me tiró las ropas sin decir una palabra. ¿Qué pasó?, dije. Vámonos, dijo Laura.

Volvimos a encontrarnos con este trío un par de veces, una en aquellos mismos baños, la otra en unos de Azcapotzalco, los baños del infierno, como los llamaba Laura, pero las cosas nunca volvieron a ser iguales. A lo sumo nos fumábamos un cigarrillo y adiós.

Durante mucho tiempo seguimos frecuentando estos lugares. Podíamos haber hecho el amor en otros sitios pero había algo en la ruta de los baños públicos que nos atraía como un imán. No faltaron, como era lógico, otro tipo de incidentes, carreras por los pasillos de tipos poseídos por el amok, un intento de violación, una redada, que supimos sortear con fortuna y astucia; astucia, la de Laura; fortuna, la solidaridad de los bañistas. De la suma de todos los establecimientos, ahora ya una amalgama que se confunde con el rostro de Laura sonriendo, extrajimos la certeza de nuestro amor. El mejor de todos, tal vez porque allí lo hicimos por primera vez, fue el Gimnasio Moctezuma, al que siempre volvíamos. El peor, un local de Casas Alemán llamado convenientemente El Holandés Errante, que era lo más parecido a una morgue. Triple morgue: de la higiene, del proletariado y de los cuerpos. No así del deseo.

Dos son los recuerdos más indelebles que aún conservo de aquellos días. El primero es una sucesión de imágenes de Laura desnuda (sentada en la banqueta, en mis brazos, bajo la ducha, tirada en el diván, pensando) hasta que el vapor que gradualmente va creciendo la hace desaparecer del todo. Fin. Imagen blanca. El segundo es el mural del Gimnasio Moctezuma. Los ojos de Moctezuma, insondables. El cuello de Moctezuma suspendido sobre la superficie de la piscina. Los cortesanos (o tal vez no eran cortesanos) que ríen y conversan intentando con todas sus fuerzas ignorar aquello que el emperador ve. Las bandadas de pájaros y de nubes que se confunden con el fondo. El color de las piedras de la piscina, sin duda el color más triste que vi a lo largo de nuestras expediciones, tan sólo comparable al color de algunas miradas, obreros en los pasillos, que ya no recuerdo pero que sin duda existieron.

Blanes, 1984

Apuntes de Roberto Bolaño
para la escritura de
El espíritu de la ciencia-ficción

Para cada uno de sus proyectos literarios, Roberto Bolaño anotó en libretas personales las ideas, los datos que le servían de documentación, el perfil de los personajes o las escenas que pensaba desarrollar en el manuscrito final y que tachaba en cuanto pasaban a formar parte de él. Listas de nombres, dibujos —que en ocasiones parecen hechos distraídamente durante el proceso creativo pero en otras están relacionados con la estructura o el argumento—, frases que acabaron formando parte de sus obras, juegos de palabras llenos de humor, esquemas y mapas conviven en los cuadernos con reflexiones sobre la vida cultural del momento, nombres, direcciones y teléfonos tomados al vuelo, índices de futuros libros, poemas, ideas sobre títulos y cálculos minuciosos sobre la extensión del manuscrito que tenía entre manos. Las anotaciones son muy detalladas y nos muestran cómo era el proceso de escritura de uno de los más importantes escritores contemporáneos en español: el intenso y meditado trabajo de construcción de una arquitectura narrativa que llevaba a cabo en cada una de sus obras.

Roberto Bolaño mencionó en varias ocasiones *El espíritu de la ciencia-ficción* en su correspondencia desde fechas tan tempranas como 1980. La novela está fechada en Blanes, en 1984. Se sabe que fue un proyecto que mantuvo con vida durante bastante tiempo, incluso después de ese año. Corresponde a la etapa en que escribió *Monsieur Pain, Consejos de un discípulo de Morrison a un fanático de Joyce,* el cuento «El contorno del ojo» y *La Universidad Desconocida.* Se trata de una novela que sigue su metodología de trabajo habitual previa al uso del ordenador: notas de escritura, borrador y redacción en limpio. Fue transcrita póstumamente.

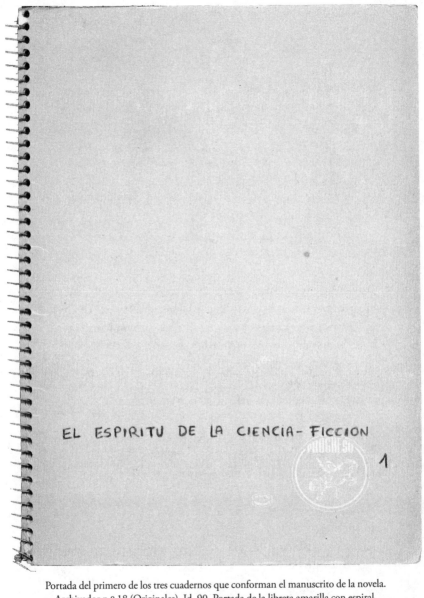

EL ESPIRITU DE LA CIENCIA-FICCION

Portada del primero de los tres cuadernos que conforman el manuscrito de la novela.
Archivador n.º 18 (Originales). Id. 90. Portada de la libreta amarilla con espiral.

Todas las imágenes proceden del archivo personal del autor. Las referencias indicadas son las
de catalogación del documento en dicho archivo.

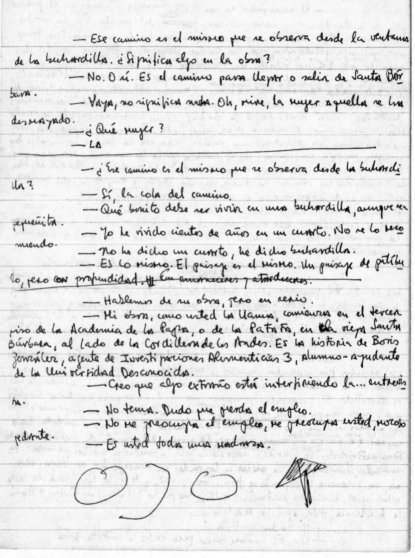

— Ese camino es el mismo que se observa desde la ventana de la buhardilla. ¿Significa algo en la obra?

— No. O sí. Es el camino para llegar o salir de Santa Bárbara.

— Vaya, no significa nada. Oh, mire, la mujer aquella se ha desmayado.

— ¿Qué mujer?

— La

— ¿Ese camino es el mismo que se observa desde la buhardilla?

— Sí, la cola del camino.

— Qué bonito debe ser vivir en una buhardilla, aunque sea pequeñita.

— Yo he vivido cientos de años en un cuarto. No se lo recomiendo.

— No he dicho un cuarto, he dicho buhardilla.

— Es lo mismo. El paisaje es el mismo. Un paisaje de pitillo, pero con profundidad. En amaneceres y atardeceres.

— Hablemos de su obra, pero en serio.

— Mi obra, como usted la llama, comienza en el tercer piso de la Academia de las Papas, o de la Patata, en la vieja Santa Bárbara, al lado de la Cordillera de los Andes. Es la historia de Boris González, agente de Investigaciones Alimenticias 3, alumno-ayudante de la Universidad Desconocida.

— Creo que algo extraño está interfiriendo la... entrevista.

— No tema. Dudo que pierda el empleo.

— No me preocupa el empleo, me preocupa usted, morosa, redomite.

— Es usted todo una madraza.

Página del cuaderno con el borrador de la novela. Se corresponde con un fragmento de la entrevista. En ella se puede ver el exhaustivo trabajo de redacción y corrección que llevaba a cabo el autor en la escritura de sus obras.
Archivador n.º 25 (Originales). Id. 136. Libreta marmoleado azul sin espiral 1/2 folio.

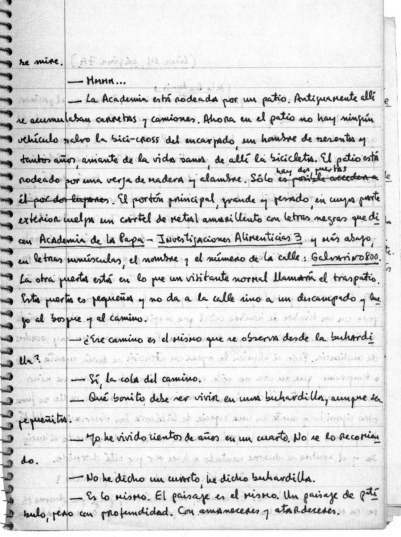

se mire. (...)

— Hmmm...

— La Academia está rodeada por un patio. Antiguamente allí
se acumulaban carretas y camiones. Ahora en el patio no hay ningún
vehículo salvo la bici-cross del encargado, un hombre de sesenta y
tantos años, amante de la vida sana, de allí la bicicleta. El patio está
rodeado por una verja de madera y alambre. Sólo hay dos puertas
él por dos lugares. El portón principal, grande y pesado, en cuya parte
exterior cuelga un cartel de metal amarillento con letras negras que dicen Academia de la Papa — Investigaciones Alimenticias 3 y más abajo,
en letras minúsculas, el nombre y el número de la calle: Galvarino 800.
La otra puerta está en lo que un visitante normal llamaría el traspatio.
Esta puerta es pequeña y no da a la calle sino a un descampado y luego al bosque y al camino.

— ¿Ese camino es el mismo que se observa desde la buhardilla?

— Sí, la cola del camino.

— Qué bonito debe ser vivir en una buhardilla, aunque sea
pequeñita.

— Yo he vivido cientos de años en un cuarto. No se lo recomiendo.

— No he dicho un cuarto, he dicho buhardilla.

— Es lo mismo. El paisaje es el mismo. Un paisaje de pará-
bulo, pero con profundidad. Con amaneceres y atardeceres.

Página del manuscrito final en la que se observa cuál de las versiones ensayadas en el borrador
de la página anterior fue considerada definitiva por Roberto Bolaño.
Archivador n.º 15 (Originales). Id. 71. Libreta naranja con espiral.

un Mustang que pasó junto a nosotros a más de cien apagó los últim... R.P. J.A.

ENTRADAS	SALIDAS

— ¡Ah, qué bien!

— ¡Y se odian a muerte!

Nos detuvimos delante de un semáforo rojo.

— No sé dónde demonios ha leído todas esas cosas el Mofles. Sólo llegó a primero de prepa.

— ¿Dónde las has leído tú? — mi voto bordó en...

— ¡Yo voy a la Librería Francesa! ¡Mientras los pendejos van a las conferencias de Octavio Paz yo me paso horas en la Librería Francesa! ¡soy, a todos los efectos, un caballero del siglo pasa do!

— ¿Y nunca has visto al Mofles allí?

— ¡Jamás!

Luego José Arco dijo algo que apagó un Mustang que pasó junto a nosotros a más de cien. Con el tiempo yo iba a saber que el Mofles a la Librería del Sótano y sólo de vez en cuando. La historia de Isou y Altagor y Georges Perec era muy sencilla. Poco después del fin de la Segunda Guerra Mundial, en un París donde estaba vigente la cartilla de racionamiento, Isou y Altagor coincidieron en uno de aquellos cafés legendarios. Pongamos que Isou se sentó en el extremo derecho de la terraza y Altagor en el extremo izquierdo. Las mesas del centro estaban ocupadas por turistas norteamericanos, pintores famosos, Sartre, Camus, Simone Beauvoir, actores de cine y Johnny Hallyday.

— ¿Johnny Hallyday?

— Sí, así es de cabrón el Mofles.

Todo lo cual deben que respecta a los viandantes y dueño a los camareros, en el perfecto anonimato a nuestros dos poetas fonéticos. En realidad sólo ellos se daban cuenta de

— ¡Según el Mofles ambos aún eran jóvenes y ambiciosos!

— Pinche Mofles.

Así que después de trasegar con pesadumbre el pastel difirieron las tartas que en ambos casos constituía la única cena, ambos pidieron la cuenta en metalengua y en galo letrista, se y alto seguido se negaron a pagar

En realidad lo que pretendían era que los camareros se dirigieron a ellos en la respectiva lengua en la cual ha bien sido increpados.

— ¡Qué hijos de puta!

— Jua, jua, jua.

— Ji, ji, ji.

— ¡Son los héroes del Mofles!

— Ji, ji, ji, no siempre, pue moro.

— ¡Qué cosa! ¿no? ...

Todo se solucionó con la aparición de Gastón, el Hipie...

Borrador con correcciones de un fragmento del final de la segunda parte de la novela.
Archivador n.º 17 (Originales). Id. 82. Agenda azul oscuro 1906.

— ¡Isou es el padre del letrismo y Altagör el padre de la metapoesía!

— ¡Ah, qué bien!

— ¡Y se odian a muerte!

Nos detuvimos delante de un semáforo rojo.

— No sé dónde demonios ha leído el Mofles todas estas cosas. Sólo llegó a primero de prepa.

Verde.

— ¿Dónde las has leído tú? — la Princesa Azteca tardó en arrancar. Avanzaba a brincos.

— ¡Yo voy a la Librería Francesa! ¡Mientras los pendejos hacen cola en las conferencias de Octavio Paz yo me paso horas escarbando por ahí! ¡Soy, a todos los efectos, un caballero del siglo pasado!

— ¿Y nunca te has topado con el Mofles!

— ¡Jamás!

Un Mustang a más de cien apagó las últimas palabras de José Arco. Con el tiempo yo iba a saber que el Mofles únicamente iba a la librería del sótano y sólo de vez en cuando. La historia de Isou y Altagör y Georges Perec era muy sencilla. Poco después del fin de la Segunda Guerra Mundial, en un París donde aún estaba vigente la cartilla de racionamiento, Isou y Altagör coincidieron en uno de aquellos cafés legendarios. Pongamos que Isou se sentó en el extremo derecho de la terraza y Altagör en la parte izquierda. Aun así, ambos pudieron percatarse de la presencia del otro. Las mesas del cen

Página del manuscrito final en la que pueden observarse las diferencias con el mismo fragmento del borrador reproducido en la página anterior.
Archivador n.º 18 (Originales). Id. 90. Libreta amarilla con espiral.

18 JUNIO

ENTRADAS		SALIDAS

Cuando desperté lo primero que vi
fue la cara de Jan un poco colorada y el perfil
propio de Angélica Torrente fumando un Delicado y luego la sonrisa
na de Laura serena y expectante, y ~~su posible nuevo que esta~~
~~de los dos~~ luego vi una especie de arco de energía muy delgado
y muy negro que parecía unirlos y finalmente, mientras se cubría con la sábana hasta ~~la~~ nariz, vi la puerta abierta y las
plantas del corredor, y a la hija de una de las arrendatarias que
se alejaba con un rollo de papel higiénico en una mano y cuya
radio de transistores sonando a todo lo que daba en la otra.
Angélica Torrente había estado toda la mañana leyendo los borradores de
Jan, las cartas que éste pensaba enviar a algunos escritores de c.f., sus
poemas desparramados encima de la mesa-libro. Laura había

Angélica Torrente había llegado hacía una hora y durante todo
el rato había estado hablando con Jan, incluso discutiendo con
lo por despertarme. la aparición de Laura, quince minutos antes,
había puesto fin a los gritos y Jan y Angélica ambos se encontraron, pero
~~desde una hora que A.T. están allí.~~
Angélica Torrente había llegado hacía una hora. Durante todo ese
tiempo había estado discutiendo con Jan. Por supuesto, aquella no era
la intención de la visita, sino otra muy distinta: un negocio de amor y
confesiones. No obstante, habían discutido, y por otra parte, al despertar y el motivo de la presencia había sido la mesa construida con libros de ciencia-ficción. Jan
se la mostró con el orgullo de un aficionado de Chippendale;
Angélica después de mirarla con ojos asombrados, había terminado por
considerarla una bofetada a la literatura. "Los libros deben estar ordenados en los libreros, listos para ser leídos o consultados. ¡No puedes
tratarlos de esta manera, como vulgares ladrillos!" había dicho. Luego
llegó Laura y la discusión bajó de tono. A Laura la mesa apenas le
llamó la atención. "He visto una nota en el rellano", dijo. "Seguro
que es de Renzo".
— No, no, no —~~dijo~~ replicó Jan—, en absoluto. Mi dilecto compañero
sólo sabe conducir bicicletas.
— ¿Cuánto te apuestas? — dijo Laura.
Ella era así: cuando estaba convencida de algo, no había nadie que la hiciera cambiar.
— Pero, querida, dijo Jan—, si hasta ayer no tenía nota, cómo quieres que tenga una ahora.
— Estoy segura de que es su nota.
— A no ser... — Jan pareció dubitativo — que la haya robado, pero aún así, ¿cómo puede alguien robar una nota sin saber conducir?
Jan, como luego me confesaría, pensó en la posibilidad de que
la hubiera comprado. Esta posibilidad lo dejó helado pues de pronto
acepto algo que nunca había querido admitir ni de refilón y que era nuestra situación económica desastrosa. Si la nota había sido comprada
sin duda íbamos a estar endeudados hasta el cuello por lo menos veinte, cinco años y, como colofón, yo iba a necesitar ayuda económica

Página del borrador con cambios de redacción, añadidos y tachaduras.
Archivador n.º 17 (Originales). Id. 82. Agenda azul oscuro 1906.

papel higiénico en una mano y una radio de transistores a todo vo
lumen en la otra.

Hacía una hora que Angélica Torrente estaba allí. Durante
todo ese tiempo había estado discutiendo con Jan. Por supuesto, aque
lla no era la intención de la visita, sino otra muy distinta: un negocio
de amor y confesiones. No obstante el asunto se desvió y ambos se encon
traron, con pena y torpeza, discutiendo, y aunque generalmente lo hicieron
a grito pelado no consiguieron despertarme. El motivo fue la mesa construi
da con libros de ciencia-ficción. Jan se la había mostrado con el sano orgullo
de un repisor de Chippendale y Angélica, después de estudiarla entre asom
brada y ofendida, había dictaminado que aquello no se podía considerar más
que como una bofetada a la literatura en general y a la ciencia-ficción en
particular. "Los libros deben estar en los libreros, ordenados con gracia, lis
tos para ser leídos o consultados. ¡No puedes tratarlos de esta manera, co
mo piezas de mecano o como vulgares ladrillos!" Jan arguyó que masti
cando hojas de libro habían aliviado el hambre muchos ciudadanos de urbes
bes sitiadas: en Sebastopol un joven aprendiz de escritor se tragó, en 1942,
buena parte de En Busca del Tiempo Perdido, de Proust, en la edición origi
nal francesa. La literatura de ciencia-ficción, creía Jan, se prestaba como
ninguna a libreros aleatorios, como el librero-mesa, por ejemplo, sin que
por ello se menospreciase el contenido de las páginas, la aventura. Según
Angélica eso era una estupidez y algo poco, muy poco práctico. Las mesas
eran para comer encima de ellas, mancharlas en salsas, clavar cuchillos
sobre la superficie en arranques de rabia. ¡Dios mío! habría dicho Jan con un gesto

---

Versión definitiva del fragmento de la página anterior. Aunque el manuscrito final de la novela
está transcrito por el autor con una pulcritud extrema, existen en él muestras, como la de esta
página, en las que continuaba haciendo pequeñas correcciones en esta fase.
Archivador n.º 18 (Originales). Id. 90. Libreta amarilla con espiral.

Querido Philip José Farmer   tal vez más adelante le explique
                                 por qué lo adoro así.

La guerra puede ser detenida con sexo o con religión. Todo pare
ce indicar — qué tiempos más inclementes son éstos, santo cielo — que esas
son las dos únicas alternativas ciudadanas. Por ahora descartemos la
religión. Nos queda el sexo. Intentemos darle un empleo útil. Primera pre
gunta : ¿ qué puede hacer usted en particular y los escritores de ciencia-fic
ción de los Estados Unidos en general al respecto? Propongo la creación inme
diata de un comité que centralice y coordine todos los esfuerzos. Como
primera medida, digamos, para preparar el terreno, es necesario reunir
en una antología a los 10 o 20 señores que de manera más radical hayan
tratado el tema de las relaciones carnales y el futuro. (Que el Comité
escoja libremente ; yo sólo sugiero como imprescindible la inclusión de al
gún texto de Joanna Russ y de Anne McCaffrey. Más adelante explicaré al
gunas de mis razones.) Dicha antología, que podría titularse "Orgasmos Ame
ricanos en el Espacio" o "Un Futuro Radiante", debe fijar la atención del lector
en el placer y debe recordar, con constantes retrospectivas hacia el pasa
do, es decir hacia nuestros días, el camino de esfuerzo y de paz que han sido
necesarios para llegar allí. En cada relato debe haber por lo menos un acto
sexual (o en su defecto, de ardiente y devota camaradería) entre latinoamerica
nos y norteamericanos. Ejemplos: el legendario piloto espacial Jack Higgins coman
da la aeronave Fidel Castro en donde sostiene interesantes encuentros
físicos y espirituales con Gloria Díaz, de nacionalidad colombiana. O: náu
fragos en el asteroide BH 101, Demetrio Aguilar y Jennifer
Brown practican el kamasutra durante diez años. Historias con final
feliz. Realismo Socialista Desesperado al Servicio de una felicidad desnuda
da y deseable. ¡ Ninguna nave sin tripulación mezclada y ninguna nave sin
su dosis de ejercicios amatorios ! Al mismo tiempo el Comité debe entrar en
contacto con los demás escritores de c.f. de Estados Unidos, aquellos a quienes
el sexo los deja fríos o que no lo tocan por razones de estilo, de ética, co
merciales, químicas, argumentales, etc. Es necesario hacerles ver la impor
tancia de que escriban sobre las orgías que pueden realizar los futuros
ciudadanos de Latinoamérica y de Estados Unidos. (Si se niegan de lle
dando, habría que intentar convencerlos, por lo menos, de que escriban a la
Casa Blanca pidiendo el cese de las agresiones.) O que recen junto con los
obispos de Washington. Que recen pidiendo la paz. Pero esa es la otra alternativa
y tanto usted como yo nos moriríamos de vergüenza si utilizáramos ésta.

                    Suyo
                    Jan Schrella.
ver algún día llegue a escribir ciencia-ficción.

Aprovecho estas líneas para manifes
tarle mi admiración. No lo leo, pero
amo sus páginas. Tengo 17 años.
Hace una semana dejé de ser
virgen.

Borrador con correcciones de la carta a Philip José Farmer.
Archivador n.º 25 (Originales). Id. 136. Libreta marmoleado azul sin espiral 1/2 folio.

— No lo haré, te lo juro.

Querido Philip José Farmer:

La guerra puede ser detenida con sexo o con religión. Todo parece indicar — qué tiempos más inclementes, santo cielo — que estas son las dos únicas alternativas ciudadanas. Por ahora, descartemos la religión. Nos queda el sexo. Intentemos darle un empleo útil. Primera pregunta: ¿qué puede hacer usted en particular y los escritores de ciencia-ficción de los Estados Unidos en general al respecto? Propongo la creación inmediata de un comité que centralice y coordine todos los esfuerzos. Como primera medida, digamos para preparar el terreno, es necesario reunir en una antología a los 10 o 20 autores que de manera más radical y con evidente gozo para sí mismos hayan tratado el tema de las relaciones carnales y el futuro. (Que el Comité seleccione libremente, yo sólo quisiera sugerir la imprescindible inclusión de algún texto de Joanna Russ y de Anne McCaffrey, tal vez más adelante, en otra carta, le explique por qué.) Dicha antología, que podría titularse "Orgasmos Americanos en el Espacio" o "Un Futuro Radiante", debe fijar la atención del lector en el placer y debe recordar con constantes retrospectivas hacia el pasado, es decir hacia nuestros días, el camino de esfuerzos y de paz que han sido necesario recorrer para llegar a esa tierra de nadie del amor. En cada relato debe haber por lo menos un acto sexual (o en su defecto de ardiente y devota camaradería) entre latinoamericanos y norteamericanos. Ejem

Inicio de la misma carta fijado como definitivo en el manuscrito final.
Archivador n.º 25 (Originales). Id. 137. Libreta roja con espiral.

En el Gimnasio Nocturno, en la cabina 10, vi el cuerpo de Laura por primera vez y sólo atiné a tocarle el hombro y a decirle que no sabía qué llave debía mover para que saliera el vapor. Las cabinas, aunque mejor sería decir los reservados, estaban divididas en dos habitáculos diminutos. En el primero solía haber un diván y un perchero. El diván era para dormir o para coger. En el segundo había una banca de azulejos adosada a la pared debajo de la cual se ocultaban los tubos donde salía el vapor, y una ducha de agua fría. Con el tiempo hicimos el amor en ambos habitáculos y en los lugares más insospechados, pero el primer día, cuando salimos del vapor al diván, medio ahogados, lo único que sacamos en claro fue que allí nos íbamos a morir de frío, así que volvimos al aula de vapor, en donde corrimos el peligro de morir deshidratados. ——

un div. viejo con toda la pinta de haber
pasado su juventud en el consultorio de un
ps.? y que A Maduror en un ...

Allí, en la cabina 10, vi el cuerpo de Laura desnuda por prime
ra vez y sólo atiné a sonreír y tocarle el hombro y decirle que
no sabía qué llave debía mover para que saliera el vapor. Las
cabinas, aunque más correcto sería decir los reservados, eran un
punto de dos cuartos diminutos; en el primero solía haber un diván,
y un perchero una vez y un perchero; el segundo cuarto era el
baño de vapor propiamente dicho, con una ducha de agua caliente
y fría, y una banca de azulejos adosada a la pared debajo de
la cual se disimulaban los tubos por donde salía el vapor. La prime
ra vez, inexpertos, estuvimos a punto de ahogarnos. Pasando de salir de
una habitación a otra era extraordinario.

un diván viejo con reminiscencias de consultorio
de psicoanalista y de burdel

La primera vez, inexpertos, estuvimos a punto de ahogarnos.

Salir de una habitación a otra era extraordinario. Mucho más si en una el vapor ya era tal que no nos podíamos ver.
Una abría la puerta y entraba al cuarto del diván y detrás
como la sombra o como fragmentos de un sueño, entraban nubes
de vapor. Cuando el calor era insoportable nos tendíamos en el diván, tomados de la mano, y dejábamos que nuestros cuerpos se fue
ran enfriando. Nos parecía que en el cuarto hubiéramos dejado a al
guien. Era una sensación placentera. El Gimnasio silencioso. El
diván silencioso. Y en el cuarto del vapor un run run como de caño-
rías y calderas y llaves que gotean. El fantasma del vapor.

Esta página del borrador de *El espíritu de la ciencia-ficción* vuelve a mostrar el proceso de escritura de Roberto Bolaño con la reelaboración de uno de los párrafos de la novela. Archivador n.º 25 (Originales). Id. 136. Libreta marmoleado azul sin espiral 1/2 folio.

ninguna. Los clientes, ~~eran~~ condicionados por algún desconocido mecanismo, respetaban y obedecían al pie de la letra las instrucciones del muchacho. Tampoco, es cierto, iba demasiada gente, y eso es algo que jamás sabré explicarme pues era un sitio limpio, relativamente moderno, con cabinas individuales para tomar baños de vapor, con servicio de bar a las cabinas y, sobre todo, barato.

Allí, en la cabina 10, vi a Laura desnuda por vez primera y sólo atiné a sonreír y tocarle el hombro y decirle que no sabía qué llave debía mover para que saliera el vapor. Las cabinas, aunque más correcto sería decir los reservados, eran un conjunto de dos cuartos diminutos unidos por una puerta de cristal; en el primero solía haber un diván, un diván viejo con reminiscencias de psicoanálisis, y de burdel, una mesa plegable y un perchero; el segundo cuarto era el baño de vapor propiamente dicho, con una ducha de agua caliente y fría y una banca de azulejos adosada a la pared debajo de la cual se disimulaban los tubos por donde salía el vapor.

Pasar de una habitación a otra era extraordinario, sobre todo si en una el vapor ya era tal que ~~no nos~~ impedía ~~dejaban~~ vernos. Entonces abríamos la puerta y entrábamos al cuarto del diván, donde todo era nítido, y detrás nuestro, como los filamentos de un sueño, se colaban nubes de vapor que no tardaban en desaparecer. Tendidos allí, tomados de la mano, escuchábamos o intentábamos escuchar los ruidos apenas perceptibles del gimnasio mientras nuestros la representación, por regla general, no duraba más de media hora o tres cuartos de hora, con o sin participación de los espectadores. Terminado el plazo, el hombre del diván abría la puerta y anunciaba al respetable público, entre toses producidas por el vapor que de inmediato intentaba colarse al ~~otro~~ cuarto, el fin del espectáculo. Los bis bis se ~~popaban~~ cerros, aunque sólo duraran diez minutos. Los muchachos se duchaban de prisa y luego recibían sus ropas de manos del hombre que se ponían con la piel aún sin secar. Los últimos minutos los aprovechaba el cabás bajo pero emprendedor director artístico en ofrecer a los satisfechos espectadores los manjares de su cesto o maleta: whisky o tequila tomados en vasitos de papel, canutos de maría liados con mano experta y huevos de tortuga que abrían valiéndose de una enorme uña del pulgar, y previa en el vapor, rociaba con ~~jugo de~~ jugo de limón y chile.

En nuestro reservado las cosas eran distintas: hablaban, o mejor dicho, hacían preguntas a Laura y escuchaban con atención sus respuestas; fumaban, siempre marihuana, y dejaban que el tiempo pasara, consultando de vez en cuando sus relojes, mientras el rostro se les iba cubriendo de gotitas de sudor. ~~A veces se tocaban~~ estábamos apretados a veces se tocaban, cosa por lo demás inevitable si todos ~~pues~~ sentábamos en el diván, y el roce de las piernas, de los brazos, podía llegar a ser doloroso. No el dolor del sexo, sino el de lo irremediablemente perdido o el de la única pequeña esperanza vagando —caminando— en el país Imposible. Pero sobre todo contaban historias y escuchaban historias.

En nuestro reservado las cosas eran distintas. Hablaban y escuchaban a media voz Laura ~~con atención~~. Fumaban marihuana. Dejaban que el tiempo pasara, consultando de vez en cuando sus relojes, mientras los rostros se iban cubriendo de gotitas de sudor. A veces se tocaban, nos tocábamos, cosa por lo demás inevitable si todos estábamos sentados en el diván, y el roce de las piernas, de los brazos, podía llegar a ser doloroso. No el dolor del sexo sino el de lo irremediablemente perdido o el de la única pequeña esperanza vagando —caminando— por el país Imposible. A los conocidos Laura los invitaba a desnudarse y entrar con nosotros al vapor. Raras veces aceptaron. En alguna ocasión, el viejo que los llevaba nos ofreció un pase. ¿Cuánto cuesta? dije yo. Nada. Eran, ~~aparte~~ del viejo, dos muchachos. Laura no quiso.

Alguna vez (En ~~una noche~~ ~~Por contra partida~~ ~~Por encima por toda~~, el viejo que los llevaba (aquella vez eran tres, el viejo y dos muchachos) nos ofreció una función. Nunca habíamos visto una. ¿Cuánto cuesta? dije yo. Nada. Laura dijo que pasaran. El cuarto del vapor estaba frío. Laura se ~~quitó~~ la toalla y giró la llave de entrada: el vapor comenzó a salir al nivel del suelo ~~se ~~ que estábamos en ~~todos~~ un baño nazi y que nos iban a gasear. Esto se acentuó al ver entrar a los dos muchachos, muy flacos y morenos, y ~~sobre~~ cerrando la marcha duraba más de media hora o tres cuartos de hora, con o sin participación de los espectadores. Terminado el plazo, el hombre del diván abría la puerta y anunciaba al respetable público, entre toses producidas por el vapor que de inmediato intentaba colarse al otro cuarto, el fin del espectáculo. Los bis bis se pagaban caros aunque sólo duraran diez minutos. Los muchachos se duchaban de prisa y luego recibían sus ropas de manos del hombre, que se ponían con la piel aún sin secar. Los últimos minutos los aprovechaba el cabizbajo pero emprendedor director artístico en ofrecer a los satisfechos espectadores los manjares de su cesto o maleta: whisky ~~tomado~~ servido en vasitos de papel, canutos de María liados con mano experta, y huevos de tortuga que abría valiéndose de la uña enorme que festoneaba su pulgar, y que, ya en el raso, rociaba con jugo de limón y chile.

En nuestro reservado las cosas eran distintas. Hablábamos a media voz. Fumábamos marihuana. Dejábamos que el tiempo pasara consultando de vez en cuando nuestros relojes mientras los rostros se iban cubriendo de gotitas de sudor. A veces se tocaban, nos tocábamos, cosa por lo demás inevitable ni todos estábamos sentados en el diván, y el roce de las piernas, de los brazos podía llegar a ser doloroso. No el dolor del sexo sino el de lo irremisiblemente perdido o el de la única pequeña esperanza viajando —caminando— por el país Imposible. A los conocidos Laura los invitaba a quedarse y entrar con nosotros al vapor. Raras veces aceptaron. Preferían fumar y beber y oír historias. Descansar. Al cabo de un rato cerraban la maleta y se marchaban. Luego, dos o tres veces en la misma tarde,

Página del manuscrito final en la que el autor fija la versión definitiva de los párrafos del borrador reproducidos en la página anterior. Se corresponde con un fragmento de la parte de la novela titulada «Manuscrito mexicano».
Archivador n.º 25 (Originales). Id. 137. Libreta roja con espiral.

Durante mucho tiempo seguimos frecuentando estos lugares. Podíamos haber hecho el amor en otros sitios, pero había algo en la ruta de los baños públicos que nos atraía como un imán. No faltaron, como era típico, incidentes (carreras por los pasillos de tipos poseídos por el amor, un intento de violación, una redada) que supimos sortear con ~~suerte~~ y astucia. ~~No faltó tampoco.~~ De todos los baños, ahora ya una amalgama que se confunde con el rostro de Laura sonriendo, extrajimos la certeza de nuestro amor. El mejor de todos, tal vez porque allí nos cogimos por primera vez, fue el primero, el Gimnasio Moctezuma. (Hubiera deseado repasarle ni visto al joven recepcionista pero dejamos de ir a los baños públicos tan mesperadamente como habíamos llegado.)

Dos son los recuerdos más indelebles que conservo de aquellos días: el primero es ~~el cuerpo de Laura~~ una sucesión de Laura desnuda (sentada en la banqueta, en mis brazos y dando vueltas) hasta que el vapor la hace desaparecer del todo. El segundo es el mural del Gimnasio Moctezuma. Los ojos de Moctezuma. El cuello de Moctezuma suspendido sobre la superficie de la piscina. Los cortesanos (o tal vez no eran cortesanos) que rezan y conversan intentando con todas sus fuerzas ignorar aquello que el emperador ve. Las bandadas de pájaros y de nubes que se confunden en el fondo. El color de las piedras de la piscina, sin duda el color más triste que vi a lo largo de nuestras expediciones, tan sólo comparable al color de algunas miradas, obreros en los pasillos, que ya no recuerdo pero que sin duda existieron.

Astucia, la de Laura; fortuna la de la solidaridad de los otros baños que también escogía su ~~tas.~~

Norte de los baños públicos, ~~excepto de~~ el que siempre volvíamos. Paradójicamente al contrario de lo que nos ocurrió en el resto de baños, donde conocímos muchos penímos, allí sólo cruzamos palabras, y tan sólo las necesarias, con el jo...

y donde, al revés de lo que solía suceder en los otros, no hicimos amistades salvo las pocas palabras que cruzábamos con el joven recepcionista, que por lo demás no hablaba mucho.

al que siempre volvíamos? El peor, un local de Casas Alemán llamado convenientemente el Holandés Errante, que era lo más parecido a una morgue. Triple morgue: de la higiene, del proletariado y de los cuerpos. No ...
del ...

Una de las partes de la novela más revisada por Bolaño fue el final. Esta página de los borradores muestra numerosas adiciones, correcciones, reescrituras y supresiones de palabras o frases.
Archivador n.º 25 (Originales). Id. 136. Libreta marmoleado azul sin espiral 1/2 folio.

infierno, como los llamaba Laura, pero las cosas nunca volvieron a ser iguales. A lo sumo nos fumábamos un cigarrillo y adiós.

Durante mucho tiempo seguimos frecuentando estos lugares. Podíamos haber hecho el amor en otros sitios pero había algo en la ruta de los baños públicos que nos atraía como un imán. No faltaron, como era lógico, otro tipo de incidentes, carreras por los pasillos de tipos poseídos por el amok, un intento de violación, una redada, que supimos sortear con fortuna y astucia, astucia, la de Laura; fortuna, la solidaridad de los bañistas. De todos los estables cimientos, ahora ya una amalgama que se confunde con el rostro de Laura sonriendo, extrajimos la certeza de nuestro amor. El mejor de todos, tal vez por que allí lo hicimos por primera vez, fue el gimnasio Moctezuma al que siempre volvíamos. El peor, un local de Casas Alemán llamado convenientemente El Holandés Errante, que era lo más parecido a una morgue. Triple morgue: de la higiene, del proletariado y de los cuerpos. No así del deseo.

Dos son los recuerdos más indelebles que aún conservo de aquellos días. El primero es una sucesión de imágenes de Laura desnuda (sentada en la banqueta, en mis brazos, bajo la ducha, tirada en el diván, pensando) hasta que el vapor que gradualmente va creciendo la hace desaparecer del todo. Fin. Imagen blanca. El segundo es el mural del gimnasio Moctezuma. Los ojos de Moctezuma, insondables. El cuello de Moctezuma suspendido sobre la superficie de la piscina. Los cortesanos (o tal vez no eran cortesanos) que ríen y conversan intentando

---

Versión definitiva de los últimos párrafos de la novela.
Archivador n.º 25 (Originales). Id. 137. Libreta roja con espiral.

con todas mis fuerzas ignorar aquello que el emperador ve. Las bandadas de pájaros y de nubes que se confunden en el fondo. El color de las piedras de la piscina, sin duda el color más triste que vi a lo largo de nuestras expediciones, tan sólo comparable al color de algunas miradas, obreros en los pasillos, que yo no recuerdo pero que sin duda existieron.

BLANES, 1984

Última página del manuscrito de *El espíritu de la ciencia-ficción,* fechado por el autor en Blanes, en 1984.
Archivador n.º 25 (Originales). Id. 137. Libreta roja con espiral.

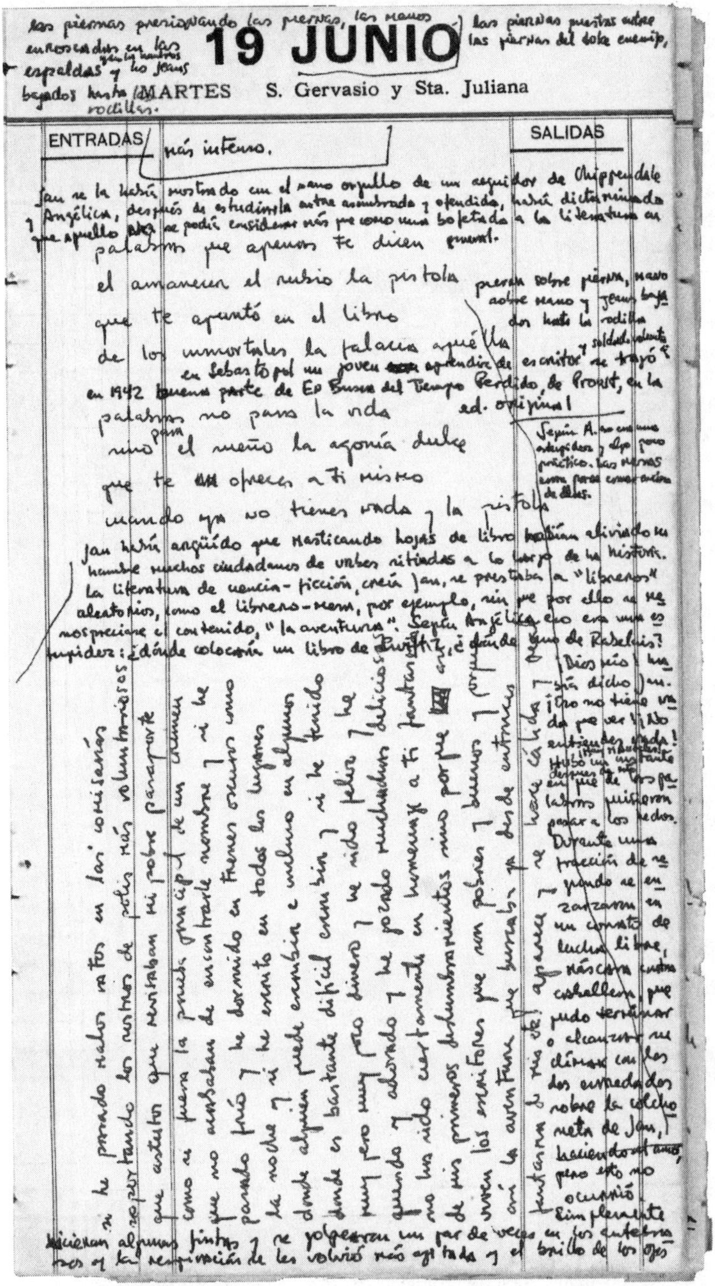
19 JUNIO

MARTES S. Gervasio y Sta. Juliana

ENTRADAS

SALIDAS

más intenso.

palabras que apenas te dicen

el amanecer el rubio la pistola

que te apuntó en el libro

de los inmortales la falacia aquélla

palabras no para la vida

sino para el sueño la agonía dulce

que te ofrece a ti mismo

cuando ya no tienes nada y la pistola

Esta página y las siguientes muestran anotaciones, dibujos y esquemas realizados por el autor durante el proceso de escritura de la novela.

Archivador n.º 17 (Originales). Id. 82. Agenda azul oscura 1906.

22 JUNIO

VIERNES   El Sagrado Corazón de Jesús

ENTRADAS   SALIDAS

Archivador n.º 17 (Originales). Id. 82. Agenda azul oscuro 1906.

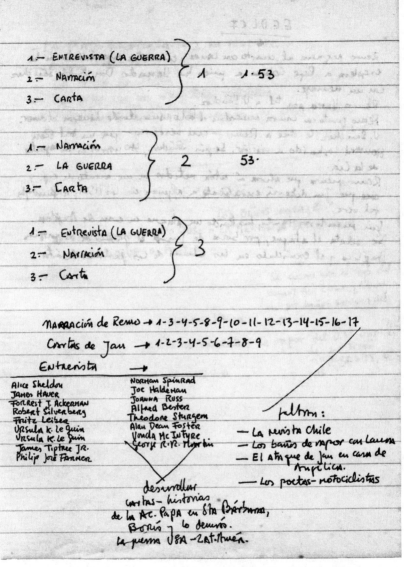

1.— ENTREVISTA (LA GUERRA)
2.— Narración
3.— CARTA

} 1   1·53

1.— Narración
2.— LA GUERRA
3.— CARTA

} 2   53·

1.— Entrevista (LA GUERRA)
2.— Narración
3.— Carta

} 3

Narración de Remo → 1-3-4-5-8-9-10-11-12-13-14-15-16-17

Cartas de Jan → 1-2-3-4-5-6-7-8-9

Entrevista →

Alice Sheldon   Norman Spinrad
James Hauer   Joe Haldeman
Forrest J. Ackerman   Joanna Russ
Robert Silverberg   Alfred Bester
Fritz Leiber   Theodore Sturgeon
Úrsula K. Le Guin   Alan Dean Foster
Úrsula K. Le Guin   Vonda McIntyre
James Tiptree Jr.   George R. R. Martin
Philip José Farmer

faltan:
— La revista Chile
— Los baños de vapor con Laura
— El ataque de Jan en casa de
   Angélica.
— Los poetas-motociclistas

desarrollar
cartas-historias
de la Ac. Papa en Sta Bárbara,
Boris y lo demás.
La guerra USA-Zat·Amén.

Archivador n.º 25 (Originales). Id. 136. Libreta marmoleado azul sin espiral 1/2 folio.

E.E.D.L.C.F.

↓

Remo regresa al cuarto con Laura y encuentra esperándolo en la escalera a Pepe Colina a quien ha llamado Don Ubaldo Sánchez con un mensaje.

Remo llama por tel. a U. Sánchez.

Remo junto con Laura recuerdan el Polideportivo donde hicieron el amor.

U. Sánchez le dice a Remo —casi histérico— que un tal Ron Howard lo ha ido a visitar. Según Sánchez, Ho usted es un agente de la Cía.

Remo piensa que ahora sí están metidos en un asunto de c.g. y cree que Jean debería escribirle a alguien en los U.S.A., a Dumovsky tal vez.

Jean encuentra tanto ha tenido un ataque en casa de Angélica. Se relata el ataque, por boca de Jean, el pasmo de la propia Angélica y el escándalo en las almas de los peones de ésta.

Archivador n.º 25 (Originales). Id. 136. Libreta marmoleado azul sin espiral 1/2 folio.

—LA RATA hechizada por la Muerte.
— Sophie Podolski y 7º.
— La Pista de Hielo
— La cena de los escritores muertos.
— Los Tres Arboles (que impiden que pase el fuego al
                                    sin que.)

_____

EL ESPÍRITU DE LA C.F.

LOS BAÑOS SAUNAS

1.— ESCENAS DEL CAMPO RUSO o LA MERIENDA BOLCHEVIQUE
2.— MISERIA DE LA POESIA

↓

Se cierra con el cáp. del
amor de Remo y L'Auva
en los baños saunas del
D.F.

1.— Escenas del Campo Ruso
2.— (Remo y Laura en los baños de vapor del D.F., escrito
                                    de un tirón,
3.— MISERIA DE LA POESÍA   20 págs.o 15, o
                                    así.)

Archivador n.º 25 (Originales). Id. 136. Libreta marmoleado azul sin espiral 1/2 folio.

LA NARRACIÓN VA en bloques
diferentes, historias diferen
tes. Renio y Jan viven en
México y, entre la his
toria, Renio y Jan están
con la guerrilla en el pri
país latinoamericano lu
chando contra el invasor
yanqui.
Esto es: ¿ Textos de Jan?
¿ Sueños de Jan?

Fidel Castro, padre de Jan,
recibe a éste en el Aerp.
de La Habana y se van.

52ª Semana   84 diciembre

Archivador n.º 22 (Originales). Id. 113. Miniagenda.

- El Espíritu de la Ciencia-Ficción ①
- La Hija del Emperador Azteca ②
- El Infierno de los Campings ③

① Oscar, Rubén Darío y Boris. Chile, golpe de Estado. Aventuras de un largo día inacabable, punteadas con la conversación ídem sobre la S-F. Muerte de Boris. Pachi. Huida a México de Oscar y Rubén Darío.

② México. Oscar y Lisa. Penalidades literarias de Rubén Darío, sus intentos, sus cartas a las revs. de S-F.

REMO MORÁN y JAN SCHMIDT y LAIKA, la perra que vive con ellos en la azotea.
↓
José Arco, MARÍA Wells Sánchez,
Margarito Padilla, Piel Divina,
Rebeca Martí, Pablo Paz,
Alicia Martí, Pepe González,
etc.

como "Recuerdos de Chile" → Pachi, Boris (adolescentes)

EL ESPÍRITU D LA CIENCIA-FICCIÓN

Archivador n.º 18 (Originales). Id. 94. Libreta blanca, roja y amarilla sin espiral.

Índice

2666

Cuatro académicos tras la pista de un enigmático escritor
alemán; un periodista de Nueva York en su primer trabajo
en México; un filósofo viudo; un detective de policía enamorado de una esquiva mujer —estos son algunos de los
personajes arrastrados hasta la ciudad fronteriza de Santa
Teresa, donde en la última década han desaparecido cientos
de mujeres. Publicada póstumamente, la última novela de
Roberto Bolaño no sólo es su mejor obra y una de las mejores del siglo XXI, sino uno de esos excepcionales libros que
trascienden a su autor y a su época para formar parte de la
literatura universal.

Ficción

LOS DETECTIVES SALVAJES

Arturo Belano y Ulises Lima, dos quijotes modernos, salen
tras las huellas de Cesárea Tinajero, la misteriosa escritora
desaparecida en México en los años posteriores a la revolución. Esa búsqueda —el viaje y sus consecuencias— se
prolonga durante veinte años, bifurcándose a través de
numerosos personajes y continentes, Con escenarios como
México, Nicaragua, Estados Unidos, Francia y España, y
personajes entre los que destacan un fotógrafo español a
punto de la desesperación, un neonazi, un torero mexicano
jubilado que vive en el desierto, una estudiante francesa
lectora de Sade, una prostituta adolescente en permanente huida, un abogado gallego herido por la poesía y un
editor mexicano perseguido por unos pistoleros, *Los detectives salvajes* es una novela donde hay de todo: amores y
muertes, asesinatos y fugas, manicomios y universidades,
desapariciones y apariciones.

Ficción

El narrador vio por primera vez a aquel hombre en 1971 o 1972, cuando Allende era aún Presidente de Chile. Escribía poemas distantes y cautelosos, seducía a las mujeres y despertaba en los hombres una indefinible desconfianza. Volvió a verlo después del golpe, pero en ese momento ignoraba que aquel aviador, que escribía versículos de la Biblia con el humo de un avión de la Segunda Guerra Mundial y el poeta, eran uno, y el mismo. Y así nos es contada la historia de un impostor, de un hombre de muchos nombres, sin otra moral que la estética, dandy del horror, asesino y fotógrafo del miedo, artista bárbaro que llevaba sus creaciones hasta sus últimas y letales consecuencias. Novela clave en la obra de Roberto Bolaño, *Estrella Distante* es, además de un apasionante thriller intelectual, una escalofriante investigación sobre la mentalidad fascista y sus efectos en la sensibilidad literaria.

Ficción

TAMBIÉN DISPONIBLE

Amberes
Monsieur Pain
Nocturno de Chile
Putas asesinas
El tercer reich

VINTAGE ESPAÑOL
Disponibles en su librería favorita.
www.vintageespanol.com